EL PASADO ES UN EXTRAÑO PAÍS

EL PASADO ES UN EXTRAÑO PAÍS
D.R. © Flor Aguilera, 2012

De esta edición:

D.R. © Santillana Ediciones Generales, SA de CV
Av. Río Mixcoac 274, Col. Mixcoac
cp 03240, México, D.F.
Teléfono: 54-20-75-30
www.sumadeletras.com/mx

Primera edición en Punto de Lectura (formato MAXI): diciembre de 2012

ISBN: 978-607-11-2346-6

Ilustración de cubierta: Ramón Navarro

Impreso en México

EL PASADO ES UN EXTRAÑO PAÍS

Flor Aguilera

A mis padres, Sergio y Eva, con mi amor y gratitud

Toda nostalgia es el desfase del presente.

Précis de décomposition, E. M. Cioran

Rest your head, oh just put it outside.

All wrapped up in ribbon,

the night, the dream, the time, love died.

The Dream, The Cure

1

Como muchas otras historias, la mía empieza con un sueño. No, no como una bonita fantasía sobre el mar mientras se lavan los trastes o un deseo de algo ideal e imposible, como lo que describía Martin Luther King en su famosísimo discurso sobre la integración racial en Estados Unidos. Éste fue un sueño de verdad, concebido en mi cama, en posición horizontal, con los ojos bien cerrados y en estado inconsciente.

Estábamos Fidel y yo en un cuarto blanco frente a una enorme ventana morisca que daba a una terraza con vista al malecón de La Habana. Él yacía a mi lado y, al besar su cuello, sentía su barba canosa raspar mi mejilla. Recuerdo que hablábamos sin hablar, de todo y de nada, y que sus manos, insaciables, acariciaban mi cuerpo desnudo siguiendo el ritmo de las olas que se estrellaban tan cerca. Sus caricias me hacían sentir —por primera vez en mi vida— que yo era no sólo deseada, sino absolutamente amada por un hombre.

Así, en el mundo de Morfeo, me tocó pasar una noche entera con alguien a quien desconozco por completo en esta realidad. Mientras sucedía, me asombraba el hecho de que yo llevara una relación tan íntima y tan hermosa con el ex dirigente de Cuba y último líder real y puro de lo que alguna vez alguien llamó "la plaga comunista que debe ser contenida a como dé lugar".

Recuerdo mi interrogante mientras vivía dentro del sueño: ¿por qué me habría elegido Fidel para ser su amante? Era sin duda una extraña elección: una mujer judío-mexicana, una década demasiado vieja para ser de verdadero interés para un hombre como él y dos décadas demasiado joven para ser su ferviente admiradora. Y para colmo, una capitalista de lo peor.

Al final de la velada, antes de despedirse de mí para siempre, Fidel me cantó una canción que me gusta mucho de la banda inglesa Pulp. La canción se llama "Common People" y habla de una chica griega multimillonaria que le pide a un joven *cockney* londinense, a quien conoce en la universidad, que la ayude a entender cómo vive (sobrevive) la gente común y corriente.

El hecho en sí era extraordinario, pero lo más sorprendente fue que lo que salía de la boca de Fidel era la versión exacta de la canción, tal como suena en el CD, con todo y batería, sintetizadores y guitarras eléctricas. Mientras cantaba, yo pensaba que tanto la gente que lo odia como quienes lo aman tienen todos algo de razón, porque el comandante Castro es un perfecto encantador de mentes.

En torno a la canción, reflexioné sobre el hecho de que, a pesar de no ser ni griega ni millonaria, siempre me ha parecido que se burla un poco de mí. Tal vez por eso me gusta tanto. Siempre me he sentido distinta, por un motivo en particular y varios en general. Para empezar yo sufro —o gozo— de una condición llamada *hipertimesia* o *memoria superior autobiográfica*. Eso que suena a mucho, y lo es para mí, significa simplemente que yo recuerdo cada segundo de mi vida, a partir de los seis años.

Si me dices: "9 de marzo de 1995", te diré que fue un miércoles, que desayuné un Special K con leche light y medio plátano, que iba vestida con un suéter a rayas, verde y azul marino, y que era una mañana nublada; que llegué corriendo a la universidad, que en la clase de Comunicación Internacional, en el tercer periodo, el profesor Zia habló de las agencias de información estatales que estaban desapareciendo tras la caída del muro de Berlín, que mi compañero Miguel Compana y yo dibujamos una caricatura de Zia muy simpática, y que mientras la dibujábamos yo soñaba con lo que me pondría para la fiesta en casa de mis primos esa noche. Pero no recuerdo las cosas como todo el mundo, de manera velada, como una foto que se mira detrás de una cortina, sino que las vuelvo a vivir, veo el momento con el ojo de mi mente, con absoluta claridad, y vuelvo a sentir lo que sentí en el momento original. Así que no es para nada un recuerdo tranquilo o romántico, y aunque surge con la mención de un evento, un día, una persona o con el estímulo de canciones, olores o fotografías, como le sucede a todo el mundo, mis recuerdos son tan nítidos y a veces tan violentos que me ha sucedido que me sacuden físicamente, de manera literal, no metafórica. Como un ataque epiléptico casi, sin que nadie más que yo lo note. Lo experimento en mi interior, pero la reacción en mi cuerpo es como si "reviviera" el momento con todos mis sentidos. Lo más cercano a lo que experimento al recordar es como si viera una película en cuarta dimensión, o como si me subiera a una máquina del tiempo. Hace mucho entendí que mi memoria era excepcional, y a partir de entonces, esa consciencia de mi singular forma de recordarlo todo ha sido algo que me ha hecho sentir muy distinta a los que yo llamo "amnésicos", o sea, el resto de la humanidad.

Hay ciertos episodios que me gustaría mucho poder borrar, como lo hace la gente normal. La gente no lo toma en cuenta, pero el olvido es una facultad, un gran talento y un derecho humano.

Al terminar el sueño con Fidel me desperté y no pude volver a conciliar el sueño hasta la madrugada. Tal fue la emoción y la felicidad que me provocó. Una emoción y una felicidad que no había sentido en años. Así que a la mañana siguiente, mientras desayunaba, decidí que lo que había soñado me estaba proporcionando una pista sobre el camino a seguir y empecé a verlo como un mensaje importante, de ésos que podrían transformar la vida.

Me dirigí al librero en la sala, en busca de un volumen sobre la psicología de los sueños, una de las herencias de mi madre. Aunque rara vez lo abría, por alguna razón lo tenía siempre muy presente.

¿Un presentimiento?

El libro decía que la mayoría de los soñadores cambia constantemente de escenario y de coprotagonistas, y que es raro experimentar, a lo largo de una noche, una escena en tiempo real. El libro explicaba también que esas visiones nocturnas son mensajes del subconsciente y que todos los personajes soñados en realidad representan una parte de la personalidad del soñador. Entonces creí, por fin, que sí es cierto que todos seamos de alguna forma Fidel Castro o Mick Jagger o el papa Benedicto (Dios me libre) o cualquier otro ser que se te aparezca en el mundo de Morfeo.

Es preciso aclarar que antes de esa mañana, yo había pasado varios años, casi sin interacción social alguna. Mis amigos provenían, en su gran mayoría, de mi grupo de terapia, y aunque nos reuníamos rigurosamente una vez por semana y nos conocíamos íntimamente, no era en realidad lo que se podría llamar una convivencia normal entre amigos.

Después de la muerte de mi madre hacía algunos años, yo me había autoexiliado de la realidad de los demás humanos. Por aquello de mi memoria inaudita y el hecho de que los episodios dolorosos ya vividos eran imposibles de olvidar —y aún no se inventa el borrador de recuerdos—, se había vuelto mucho más fácil para mí no tener que seguir "viviendo". Esto no quiere decir de ninguna manera que quisiera morir, yo estaba muy agradecida de estar viva, sino que simplemente decidía existir en un "congelador emocional". Un año atrás, en aquella mañana de octubre, la temperatura había disminuido aún más que ahora. No había vuelto a tener "ataques de recuerdos", pero el mundo real me interesaba cada vez menos. Estaba desencantada de todo, ya ni siquiera leía los periódicos ni veía las noticias. Sólo me gustaba ver documentales de animales, películas de cine comercial, preferiblemente comedias, películas románticas de época y leer revistas de moda o novelas de ficción. La antes experta en geopolítica había reducido su universo a un par de cuadras y dos vacaciones al año, a la playa, en modalidad todo incluido. Era una existencia cómoda y fácil. Seguía siendo una lectora insaciable pero en vez de a Joseph Campbell, *The New Yorker* y las novelas terriblemente tristes de Coetzee, ahora leía thrillers internacionales o historias detectivescas que siempre me hacían sentir que el mundo no era tan caótico, porque al final siempre se resolvía todo el misterio y cada acción de cada personaje tenía una lógica perfecta. Además eran fáciles de leer porque los personajes casi nunca me hacían sentir que eran de carne y hueso, y, por lo tanto, si a veces la pasaban mal, no importaba mucho.

No trabajaba, ni tenía ningún interés en volver a hacerlo. Vivía de los intereses generados por la herencia que me dejó mi madre y los cheques de regalo que me enviaba mi padre sumados a la indemnización del periódico. No me permitía excesos pero vivía bastante bien. Mis actividades cotidianas consistían en ver películas por internet, cocinar con base en mi recetario *Comida internacional para uno*, caminar en diferentes parques, leer y la terapia. Estaba tan alejada de una existencia normal, con sus subibajas emocionales, con sus esfuerzos y dolores necesarios, que cuando estaba en algún lugar público, miraba a la gente, escuchaba sus conversaciones y sentía que yo ya no tenía nada en común con nadie. La actitud de la mayoría de la gente, y en especial cuando estaban en pareja, me parecía extrañísima, todos fingiendo o actuando un papel, regidos por ciertas reglas, formas y convenciones, de ninguna manera podía ser un comportamiento sincero. Sentía que era algo tan artificial y aprendido que ya había dejado de ser real. Todo el mundo se dirigía al amado con las mismas palabras: amor, cielo, bombón, flaquito, gordito, bebé y máximo otros cinco sobrenombres para expresar afecto-posesión de esa persona. No entendía por qué no se inventaban apodos originales que reflejaran el hecho de que se conocían a profundidad, que compartían un sentido del humor y que habían vivido cosas juntos.

Este tipo de reflexiones me llegaban muy a menudo. Pensaba que todos vivían en un sueño, un sueño en el que además eran invitados. Yo me salvaba porque me ocupaba de observarlos y de las cosas prácticas como comer, dormir, hacer ejercicio y trabajar mis penas pasadas.

Sin embargo, a través de esa vivencia onírica con el comandante Castro, a mis treinta y cinco años, creí descubrir, por fin, que tal vez sí existía el amor de dulce complicidad, un amor generoso, pleno, absorbente y seguro, donde el otro no buscaba lastimar, sino dar y dar y recibir felizmente. Empecé a pensar que tal vez yo también sería capaz de experimentarlo, y eso me llevaría a una existencia más normal, a vivir plenamente otra vez y a aprender a amar a alguien en verdad, tal vez incluso a tener una familia propia. Sólo me faltaba encontrar al hombre con quién lograrlo. Ésa sería mi nueva misión en la vida.

Muchos denominan "epifanías" a este tipo de experiencias, pero creo que yo pasé toda mi vida de adulta esperando tener esa consciencia y, así, lo viví más como un alivio que como un momento de iluminación. Había encontrado por fin mi razón de ser, y esa razón de ser me hacía sentirme igual a todas las mujeres del mundo.

¿Y por qué fue Fidel y no la Virgen María, Buda, Krishna o, mejor aún, Moisés, el mensajero de mi verdad? ¿Y por qué tuve que esperarme hasta los treinta y cinco años, y no me sucedió a los treinta o a los veintitrés? Ésas son preguntas que nunca lograré responder.

Aunque alguien pudiera, fácilmente, llamarme loca, al basar mi futuro en un sinsentido, y sin duda bien podría ser una locura, en ese momento creí que nada podría ser peor que dejar pasar más años desperdiciando el tiempo, en una existencia absolutamente gris, banal, egocéntrica, alejada de la realidad presente y además completamente desfasada de mi edad. Así fue como un sueño en la cama con Fidel Castro se sintió como el momento más real y crucial de mi vida adulta.

Leí en un cuento de Salinger —en ese libro que ahora llevo siempre conmigo— que la felicidad es un sólido y la alegría es un líquido. Yo había pasado ya demasiado tiempo en estado gaseoso.

Nací en un hospital, en cierto año bestial del calendario azteca, en una gran ciudad llamada El De Efe, en el seno de una familia judío-mexicana que tiene lo suyo en anécdotas graciosas, aunque no creo que deba mencionar mucho de ella todavía.

De mi primera infancia no puedo decir gran cosa tampoco. Sólo lograron sobrevivir algunas fotos, en blanco y negro, del interior de la casa de mis abuelos maternos en San Ángel y de las tardes de julio en las que caía granizo en el patio del edificio en Montes Urales, donde vivíamos mi mamá, mi papá, mis hermanos y yo.

Mis recuerdos más nítidos, o sea mi hipertimesia, empezaron cuando cumplí los seis años y nos fuimos de México porque mi padre había sido enviado al consulado de México en Los Ángeles. Una vez instalados en nuestra nueva casa, mi padre nos llevó a mis dos hermanos mayores y a mí a Disneylandia a pasar el día. Mis hermanos más pequeños, Leo y Vane, se quedaron en casa con nuestra mamá. Nosotros desayunamos hotcakes con la Bella

Durmiente en un restaurante que ofrecía desayuno con los personajes de Disney. Como siempre, yo iba vestida de rosa con blanco para equilibrar el hecho de que usaba zapatos ortopédicos al estilo de Forrest Gump. Los zapatos me hicieron ser una niña muy realista. Recuerdo que no podía dejar de mirar a aquella bella durmiente, cuyo trabajo era "ser de la realeza" en un mundo donde los pajaritos sí cantan en tu oído y existen las hadas madrinas. Seguramente esa chica provenía de algún lugar como Nebraska o el valle de San Fernando, caminaba y nos saludaba a todos con un falso porte aristocrático y a la vez con una sonrisa conmovedoramente plebeya. Cada rincón del mundo de Disney me encantó, y me imaginé de grande trabajando allí, en lo que fuera, pero preferiblemente de Bella Durmiente o Cenicienta. Aunque tuviera que pasar muchos años en la escuela para lograrlo. Así que a partir de ese momento, cuando me preguntaban sobre cuál sería mi profesión de adulto, mi respuesta era: guía de turistas o princesa. En esa visita a Disneylandia, mi padre nos permitió desvelarnos por primera vez, para ver el desfile de luces. La enormidad de la noche me causó tal impresión, que decidí nunca más perderme de tanta emoción y belleza.

A partir de ese día me rehusé a dormirme temprano, aun en los días entre semana cuando había escuela. Los pleitos que sostuve con mis padres fueron lo que más marcó esa etapa de mi vida, y probablemente las suyas también. Cada noche, durante años, me rogaron que me fuera a dormir, sin mucho éxito. Yo lloraba porque quería seguir allí, gozando de la oscuridad, del silencio, del cielo tan grande y de las conversaciones de los adultos sobre lo que estaba aconteciendo en el mundo. Todo lo que pertenecía a la noche me interesaba y me caía muy bien.

Finalmente, aunque luchaba contra mis padres y también contra mí misma, porque a veces moría de sueño, terminaba metiéndome a la cama y apagando la luz. Frustrada. Agotada. Pero cuando dormía, recibía un premio: en mis sueños yo manejaba un convertible rojo a la playa y a mi trabajo en el castillo de Disneylandia, y me desvelaba todas las noches para ver la luna y luego despedirme de ella al amanecer. Cerca de los ocho años, entendí que lo mejor era fingir que les hacía caso a mis padres para pasar a gusto la noche en vela en mi cuarto, con las luces apagadas y la ventana abierta. Escuchaba el noticiero de las diez y luego sus conversaciones y risas con voces apagadas. Todo en paz. Yo era feliz.

Para mí lo más notable de esa edad es que la pasé con sueño. Recuerdo perfectamente la sensación de somnolencia constante, especialmente en la clase de ciencias sociales de tercero de primaria, porque la voz de la maestra Emily, era de lo más monótona y un poco gangosa, como si perteneciera a la grabación de una conferencia aburridísima de los años treinta. Como evidencia de este episodio insomne de mi infancia están las fotos en los anuarios de la escuela a la que asistí, donde aparezco verde y ojerosa.

Después, ya en edad adulta, sufrí durante un tiempo, crónicamente, al no poder dormir a la hora en que quería y debía hacerlo. Mal karma le dicen, y lo creo. Tuve insomnio el mismo número de años que mis padres sufrieron por mi culpa.

Creo, sin embargo, que esos años en Los Ángeles fueron de los más felices de mi vida. Al escuchar las historias de infancia de otros, sé que mis hermanos y yo fuimos niños como todos los niños del mundo deberían de tener la oportunidad de serlo. Jugamos muchísimo bajo el sol, corrimos, nadamos, anduvimos en bicicleta, siempre con amigos, muchos amigos, visitamos lugares sorprendentes como el castillo de la magia, el museo Paul Ghetty, que parece un templo griego con vista al mar, los restos de dinosaurios hundidos entre la brea en Hancock Park, las playas, San Diego y la Isla Coronado, todos los parques de diversiones, Hollywood y sobre todo que nunca tuvimos una sola preocupación. Ni una sola.

He hecho el ejercicio de regresar allí cuando necesito escaparme de alguna tristeza, pero el saber que ese momento ya no se repetirá jamás me pone aún más triste que el estado depresivo original.

Cuando nos fuimos de allí, todos sufrimos de ansiedad de separación, aunque fue mi madre la que más lloró. Decía que le resultaba casi insoportable el hecho de que no vería crecer a todos esos niños de nuestra cuadra, a quienes ella cuidó, consoló, les puso curitas, ayudó con las tareas, dio de comer, cenar y desayunar.

Recuerdo también que era un poco extraño ser los únicos mexicanos en nuestro suburbio, a pesar de que estábamos rodeados de leyendas sobre los mexicanos, de quienes todos tenían alguna opinión, casi siempre negativa. Los mexicanos eran los que robaban las bicicletas y los que les robaban los dulces a los niños en Halloween. Recuerdo haber sentido un gran desconcierto cuando en la escuela *primaria algunos de nuestros compañeros nos decían que nosotros "no parecíamos mexicanos". Había tanta ignorancia sobre México que algunos de nuestros compañeros en la escuela llegaron a preguntarnos si había coches en México, y cuando les respondíamos sorprendidos que por supuesto que sí, nos preguntaban enseguida si las calles estaban divididas entre carriles para burros y para coches. Decían que el futbol era un deporte de frijoleros, aunque ahora lo llamen "European football", y pensaban que Taco Bell era nuestra gastronomía nacional.*

A nuestros pequeños amigos los enseñamos a comer tacos de cajeta, a jugar resorte y stop, les enseñamos un mapa y fotos del lugar donde nacimos. Ellos nos enseñaron a jugar beisbol, a echarnos clavados, a andar en bici por la ciudad, a amar la nieve de naranja y el olor a pasto mojado, recién cortado.

2

Más que en el destino yo creo en las decisiones.

Dicta un proverbio chino que el aleteo de una mariposa se resiente al otro lado del mundo, así también hay decisiones personales que cambian el rumbo de la historia. Para ejemplificar este conocido precepto, mi padre nos hablaba de un soldado británico en la Primera Guerra Mundial cuyo nombre era Henry Tandey. Una madrugada, el joven soldado descubrió a otro, del enemigo ejército austro-húngaro, escondido detrás de un árbol en un bosque cercano a uno de los campos de batalla. Tandey estaba a punto de matar a su enemigo cuando lo invadió un sentimiento de compasión y le perdonó la vida a su adversario. El austrohúngaro, hincado, casi jorobado, cubriéndose la cabeza, como un animalito asustado, le preguntó en alemán al inglés benevolente: "¿Cuál es su nombre?", a lo cual el otro respondió: "Mi nombre es Henry, ¿y el de usted?" El austrohúngaro contestó: "Yo soy Adolfo Hitler".

En una entrevista, muchos años después, el ya viejo Henry Tandey confesó que al ver subir a Hitler al poder en Alemania y evidentemente de manera más severa al saber de la invasión de Polonia y el inicio de la Segunda Guerra, no pasó un solo día en que no se reprochara a sí mismo su decisión y se arrepintiera de ese desafortunado acto de bondad.

Así veo yo ahora cómo la decisión de darle vitalidad a mi existencia me llevó por caminos insospechados que a ratos me llenan de arrepentimiento.

El día después de mi sueño, decidida a abrirme a ver el mundo tal como era, integrarme nuevamente a él, encontrar el amor y tal vez incluso llegar a casarme y tener hijitos, me miré durante un buen rato en el espejo. Me pareció que me había convertido en una gran mentira. Me vestía como una chica universitaria que después de quince años se rehusaba a graduarse. Mi pelo tenía miles de luces amarillentas que intentaban cubrir todas mis canas y tenía un alaciado permanente que empezaba a parecer peluca. Pensé seriamente que al igual que esas mujeres infelices de los programas de antes y después que me gusta tanto ver en la tele, yo también requería de una transformación física para lograr mi propósito y empezar por fin mi nueva vida regida por el amor y la promesa de una familia propia. Este *make-over* no sería, sin embargo, como en los programas de tele, donde se tratan de esconder los defectos y convertir a todas las mujeres en modelitos, sino todo lo contrario. Con mi cambio de look volvería a lo esencial de mi persona, para no provocar distracciones ni caer en lo que se podría considerar un engaño, aunque fuera cosmético. Necesitaba regresar a lo más puro de mi persona y pensé en cuando estaba recién llegada a Los Ángeles. Para ese entonces yo tenía ya una personalidad bien formada, pero aún no había sido interferida por las suposiciones que llegaron después sobre lo que "debía ser". A los seis años todavía era un ser singular, pero también más normal, por no tener consciencia de que cada segundo de mi vida sería tan memorable. A esa edad tenía el pelo corto y aretes de bolitas.

Tomé la decisión de no ir a la terapia con Fastovich por un rato, tomarme unas vacaciones, porque aunque el doctor me había salvado la vida y mis compañeros me acompañaban como una familia disfuncional y amorosa, quería vivir de forma más real, primitiva, siguiendo mis instintos y viviendo espontáneamente, sin testigos, sin rendirle cuentas a nadie. Quería vivir también mucho más enfocada en dar a los demás que en estar pensando en mí misma. Estaba cansada de estar desentrañando el significado de cada episodio de mi pasado, las veinticuatro horas del día. Deseaba deshacerme de una vez por todas de las redes de seguridad que siempre me habían hecho sentir, falsamente, que nada me volvería a tocar de manera profunda. Deseaba saltar al vacío. Era una sensación novedosa y me gustaba. Me sentí realmente emocionada por el futuro.

Pasé la mañana arreglando mis cajones para hacer una limpieza de todo aquello que no me serviría en mi nueva existencia.

Entonces me topé con un manuscrito que llevaba un par de años en el fondo de un cajón de mi buró, sin que lo volviera a mirar jamás desde el día en que lo escribí y lo guardé allí. Era mi autoconfesión: la historia de mi vida desde que era niña. Hacía casi cuatro años me había iniciado en la terapia de grupo, y en cierto punto del proceso Fastovich me dejó de tarea un ejercicio de memoria selectiva. Me dijo que por mi singular forma de recordar, era importante para mí aprender a distinguir, a dilucidar qué eventos eran realmente significativos en mi historia y cuáles no lo eran. Me pidió que escribiera así "mi autobiografía", la cual le ayudaría mucho a entenderme, para después ayudarme a regresar a una vida "normal" y funcional. Él decía que eso era el arte, porque, de acuerdo con él, lo que se escribe o se pinta o se fotografía o esculpe, para exorcizar, debe ser considerado arte, porque crea una distancia con los eventos lastimosos.

Recuerdo que empecé a escribir un día a la hora de la comida, digamos a las dos de la tarde, y no terminé sino hasta la madrugada de dos días después. No comí más que galletas marías con queso brie y mermelada de naranja, que era lo único que tenía en casa, mucha agua y capuchinos de los que vienen en sobrecitos.

Al principio me costó muchísimo trabajo escribir sin incluir cada detalle que venía a mi mente. También, cada vez que empezaba a recordar, tenía la impresión de que todo lo que narraba volvía a sentirlo con tanta fuerza, que naturalmente el texto estaría cargado de una intención para el lector, a veces escondida y a veces muy evidente, como si deseara comprobarle algo al doctor o tal vez tan sólo corroborar algo que siempre había creído yo. O sea que siempre quería dar mi opinión sobre los eventos o analizarlos y me caía yo muy mal. Finalmente y después de algunas horas en las que deseché todos esos primeros intentos, tomé la decisión de simplemente sentarme a escribir lo más naturalmente posible, sin juzgarme, separándome de mi historia como si estuviera contándole a alguien la película que acababa de ver, o más bien como la traductora simultánea de una narradora desconocida (una mujer muy sincera y abierta) y sin pensar en cómo mi psicoanalista podría tomar mis palabras o los hechos mismos que narraba. Pensé mucho, mientras escribía, en un libro que había leído en París, en la biblioteca de la escuela, que se llamaba *La edad del hombre* y que consistía en todos los recuerdos de infancia y adolescencia de un escritor francés del siglo pasado de nombre Michel Leiris. En el prólogo, él explica su firme teoría de que sólo a través de una escritura fluida, espontánea, natural y sin censura, se podría mostrar el verdadero espíritu de alguien. Lo demás, decía él, era ficción pura e intencionada.

La terapia para mí tiene algo de eso, porque sólo vas durante una hora y narras lo que tú quieres, de acuerdo con lo que deseas mostrar de ti. O sea que actúas el papel que te has dado a ti mismo en tu película o la etiqueta permanente que le has pegado a toda tu ropa. Empiezas con un listado, muchos ejemplos, para que la hipótesis sobre quién eres le funcione al analista. Como una gran ficción sostenida durante años. Si eres realmente inteligente o si te buscas a un analista menos listo que tú, podrías salir de allí corroborando sólo las cosas que creías sobre ti antes de entrar. Lo cual es una tontería carísima, pero para los que les parece necesario o divertido, lo podrían lograr fácilmente.

Sin embargo, y a pesar de mis dudas, después de terminar el ejercicio de contarme a mí misma mi propia historia, me empecé a sentir mucho mejor. No volví a sufrir de ataques de angustia ni de insomnio. El escribir, el ver mi pasado así tan clara y objetivamente, me ayudó a liberarme o vaciarme de eso que tanto me absorbía. Guardé las hojas en un cajón muy profundo, en un acto simbólico, y empecé por primera vez en mucho tiempo a soñar todas las noches, a salir al parque y a veces al cine, a cocinar con recetas nuevas que encontraba y en general me la empecé a pasar un poco mejor, aunque jamás se me ocurrió que pudiera yo llevar una vida como la de la gente que veía tan tranquila, paseándose por la calle al salir de sus empleos. Pero aun con esos cambios y aun con la terapia, o tal vez por su culpa, la mía seguiría siendo una media vida, atreviéndome a salir más pero sin tocar a nadie y sin ser tocada por nadie, hasta la noche con Fidel.

Sin releerlo, esa mañana tomé el manuscrito, me dirigí al banco y lo metí en mi caja de seguridad.

Le tomé una foto a la caja cerrada. La tengo en mi teléfono y a veces la miro. Creo que en ese momento lo que buscaba era hacer una suerte de performance con mi vida, una representación literal de lo que significa "guardar mi pasado", y al salir del banco, empecé a soñar con mi transformación.

En la tarde fui al salón de belleza, me pinté el pelo de mi color natural (café castaño) y me lo corté chiquito, como lo tenía a los cinco años. El pelo corto se sentía extraño al principio pero descubrí mi rostro nuevamente. Mis ojos, mi boca y mi tono de piel surgieron al deshacerme de las luces y el pelo largo de toda una vida. Me quité años de encima y también, un poco a la fuerza, esa idea preconcebida, que escuché de los labios de mi abuelo materno alguna vez, de que las mujeres deben ser de pelo largo e ideas cortas. Mi misión entonces era encontrar a un hombre que me quisiera como yo era en esencia, porque sólo así podría perdurar la relación. Ya no sería considerada a primera vista como una güera yuppie trabada en la adolescencia, que muy poco tenía que ver con lo que aspiraba a ser en mi nuevo interior.

A la mañana siguiente, me despertó una llamada de mi adorada prima Juliana, hija de uno de los hermanos de mi padre, que había estudiado medicina y trabajaba para la organización Médicos Sin Fronteras en campos de refugiados en varios países. Me dijo que había llegado a México de vacaciones, a visitar a su familia, y quedamos de cenar en la noche. Fuimos a comer crepas y sopa de cebolla en San Ángel, en un restaurante que considerábamos casi familiar, porque de muy niños nos llevaban a todos los primos a comer allí los domingos.

Cuando vi a Juliana llegar al restaurante, la abracé muy fuerte. No le dije nada, pero me notó cambiada, no sólo por el corte de pelo, y me gustó mucho que me preguntara si por fin había logrado inventar el "borrador de recuerdos", como en una película que habíamos visto juntas, con Jim Carey, que se llamaba *Eterno resplandor de una mente sin recuerdos* en la que una mujer, tras la dolorosa separación de su pareja, acudía a un sitio especializado en dar ese servicio, para que le borraran el recuerdo de la relación.

Siempre me sorprendió el hecho de que mi prima, quien vivía y veía tantas cosas terribles, aceptaba todo con tan buen talante. Tal vez la razón es que puede vivir frustrada ante tanta inequidad e injusticia pero puede estar tranquila en las noches porque dedica su vida a los demás. Ella sí cambia a la gente y las cosas mejoran gracias a ella. Tampoco tiene mucho tiempo para pensar en el pasado. Su presente absorbe todo su ser.

Después de que le hiciera miles de preguntas y de que me contara algunas de sus últimas experiencias en la frontera entre Kenia y Somalia, le pregunté sobre cuál, de acuerdo con lo que ella había vislumbrado entre tanta gente distinta, podría ser el elemento de identidad que definía a un ser humano más allá de su nacionalidad. Ella me respondió que probablemente para una gran mayoría de personas y más aún en este momento, la gente se define a sí misma por la religión que profesa, mucho más que por su género, su nacionalidad o su ideología política.

Yo soy muchas cosas para los demás: mexicana, judía, soltera, chica fresa, hipertimésica, desempleada con doctorado, internacionalista, ex periodista, viajera infatigable, hija, hermana, amiga, compañera de terapia y paciente. La mayoría son cosas acumuladas y poco tiene que ver con mi herencia genética o histórica. Por eso para mí, la primera cosa que pienso cuando quiero definirme es en mi nombre propio y en la palabra "mujer", lo demás viene después.

Mi nombre lleva escrita mi historia y ser mujer es algo que además de ser lo más notorio, es algo que sin duda influye en cómo soy. No sé por qué es así, si es una cuestión biopsicológica, y tampoco sé si debe ser así, pero a mí, la verdad, no me molesta en nada. Me encanta ser mujer. Ser hombre, aunque me encanten los hombres, me parece una existencia pesada, cargada de ideas sobre "responsabilidades" y el "deber ser". Los anhelos de muchos hombres, natos o aprendidos, de poder y gloria y fama y dominación, me parecen muy tontos. De cavernícolas. He conocido a pocos que piensan o ambicionan cosas muy distintas, como ser felices.

Yo soy judía por mi historia y por la historia de mi familia, pero nunca tuve ni una esencia espiritual ni una experiencia con mi religión lo suficientemente sublime como para atraerme a practicarla. A veces creo que durante muchos años me sentí más católica que judía por la influencia de mis amigas en el internado en Londres, por el México guadalupano, que me encanta por legendario y surrealista, y porque hay algo que me ha atraído siempre de la confesión. Aunque también, y más últimamente con las noticias, siento rechazo cuando veo a un sacerdote. También he leído mucho sobre budismo y me gusta. Me encantaría ser como los que aprenden la práctica de meditación para vivir siempre en el presente.

A pesar de esto, yo siempre he creído que no podría nunca convertirme a ninguna otra fe, porque creo que la religión es algo con lo que naces, más allá de la geografía, es parte de tus circunstancias intrínsecas, de tu historia familiar y las raíces de tu sangre.

Mientras me despedía de Juliana —sin saber cuándo volvería a verla, y después de que me contara su último chiste sucio—, en mi mente le deseé una vida muy larga, por ella y sobre todo por nosotros, el resto de los pobres terrícolas menos evolucionados a los que ella nos da tanto amor.

Cuatro años después de haber llegado a Los Ángeles, nos mudamos a Nueva York y me hice inseparable de mi vecina Odveig, cuyo padre era embajador de Noruega ante Naciones Unidas. Ellos eran testigos de Jehová, pero ése era un secreto que muy pocos conocían fuera de los amigos más cercanos. Los Mikkelsen nunca festejaban nada, ni siquiera los cumpleaños de los tres hijos, y tras las puertas de su casa decían que el mundo pronto se acabaría. Como buen testigo de Jehová, en su juventud, al señor Mikkelsen seguramente le habría tocado la misión de visitar casas, cuyos habitantes lo dejaban entrar rara vez, pero si lo permitían, era para discutir con él. ¡Qué buen entrenamiento! Ahora que lo pienso los debates con el señor M. en los grupos de trabajo de la ONU han de haber sido algo extraordinario.

Un día, del primer verano que pasamos en Nueva York, Odveig y yo quisimos ir a patinar sobre hielo. El chofer de su familia nos había dejado afuera de la pista techada y dijo que pasaría por nosotras tres horas después.

Al acercarnos, vimos que la pista estaba en reparación pero el chofer ya se había marchado. Teníamos tres horas que matar. Cruzamos la calle y decidimos entrar al cine. Había una retrospectiva de Woody Allen y nosotras no sabíamos ni lo que era una "retrospectiva" ni qué era "un Woody Allen" pero entramos. La película que nos tocó se llamaba Zelig *y trataba de la vida de un hombre camaleón. Me enamoré de él, seguramente de la misma forma tan absoluta en la que habían caído Diane, Mia y después Soon Yi (quien seguramente se enamoró de él a la misma edad que tenía yo en ese momento). Creo que la imagen de Woody-Zelig transformado en rabino y después en chino y luego en africano —dependiendo de con quién se encontrara— hizo que me identificara con él, como no lo había hecho con ningún otro en las no tan escasas obras de literatura y de cine a las que había sido expuesta en mi casa. Woody marcó mi vida sentimental para siempre. Me parece que desde entonces he estado buscando a alguien que me haga reír y ver la vida como él logra hacerlo con sus películas. Hasta su chistosa apariencia física llega a ser muy atractiva de lo simpático y brillante que es.*

Ese mismo año, después de ver una función de Cats *en Broadway, decidí cambiar de aspiración profesional y en lugar de princesa, quería ser bailarina de danza contemporánea. Mis padres me inscribieron a clases de ballet en una reconocida academia en Soho, porque decían que toda forma de danza necesitaba de entrenamiento clásico. Sufrí de moretones en las piernas y me sentía como un bebé elefante, cuando de hecho estaba por debajo de mi peso normal. A la maestra de ballet, una anciana alemana de nombre igual de rudo que su bastón: Olga Frick, le encantaba pegarnos cuando no arqueábamos suficiente los pies para hacer las puntas, cuando no nos inclinábamos lo suficiente, doblábamos las rodillas lo suficiente, sonreíamos, llorábamos o simplemente la mirábamos de una forma que no le agradaba. Si no nos pegaba, nos gritaba y nos humillaba públicamente siempre que podía. Era un ser monstruoso aquella señora Frick, y sin embargo, mientras yo estudiaba allí me tocó ver a algunos ex alumnos que regresaban y la abrazaban y besaban como si se tratara de la abuelita más tierna de los cuentos de hadas o la esposa de Santa Claus. Yo amaba la danza y ella me hizo odiarla, por eso no puedo perdonarla a pesar de todas sus buenas intenciones y del amor de todos sus ex alumnos. De modo que abandoné mi prometedora carrera de prima ballerina y empecé a pensar en ser abogada o tenista o arqueóloga. Supongo que tenía la idea errónea de que una princesa no nace para sufrir.*

De Nueva York recuerdo todo, claro, pero sobre todo las calles, sus olores y sus personajes, que me parecían de película. Me daban miedo los sinhogar y me caían bien los que pedían dinero vestidos de Santa Claus, tocando sus campanas para el Salvation Army, que hasta la fecha no tengo idea de qué se trate. Recuerdo un largo y húmedo día de verano en el zoológico del Bronx, donde descubrí que éramos sumamente parecidos a los simios, en particular yo me sentía muy parecida. Me gustaban las visitas a Bloomingdale's y a Macy's, que me parecían lugares mágicos porque todo era nuevo, reluciente, colorido. Ahora mismo, con una imagen, puedo hacer que se manifieste el olor a pretzels ahumados y a perfume.

Era una época difícil e insegura para la ciudad. Recuerdo la primera vez de varias en que vi cómo arrestaban a alguien, y me impresionó mucho la rudeza de los policías en su trato y en su lenguaje. De mis mejores recuerdos está el espectáculo de Radio City, patinar en el Rockefeller Center, los sándwiches de roast beef del deli favorito de mi padre, sentir la nieve y en las noches de invierno rezar junto a mis hermanos en el poco hebreo que sabíamos, para que cayera más de una pulgada de nieve y entonces cerraran todas las escuelas en la mañana. Eso significaba que pasaríamos el día jugando en el pequeñísimo jardín detrás de nuestro townhouse, haciendo muñecos de nieve y guerras con las bolas de hielo que se formaban en los árboles. Ahora me pregunto si habrá una cuota en la vida de la cantidad de veces en las que puedas pedirle cosas a Dios. Seguramente yo ya me las gasté en puras cosas insignificantes.

La escuela y el ambiente en Nueva York eran muy distintos a la vida californiana que yo conocía tan bien. Todo era más complicado y mucho más rígido. Tenía pocas amigas aparte de Odveig, que era dos años menor que yo. Todas mis amigas eran extranjeras porque las neoyorquinas me parecían mucho más grandes y maduras que yo. Para mi gusto, eran chicas rudas que se maquillaban y tenían novios, mientras que yo sólo quería seguir jugando.

Con Odveig podía seguir siendo yo. Inventábamos misterios para resolver, cocinábamos pastelillos de cosas asquerosas y otras muy sabrosas, y sobre todo nos reíamos y nos acompañábamos, hasta cuando hacíamos las tareas.

Un día, a los once años, saqué un libro de la biblioteca de la escuela sobre una niña que después de cada comida se metía el dedo a la garganta para hacerse vomitar, con el propósito de comer cuanto quisiera y nunca engordar. Confieso que el arte del autocastigo me pareció fascinante, pero cuando lo intenté, me salió el vómito por la nariz y me provocó tal horror que después de esa noche nunca pude volver a vomitar, aun cuando he estado enferma. Le tengo fobia al vómito ajeno y al propio. Me provoca muchas náuseas, sin final feliz.

Después de dos años, mi padre nos llamó a junta familiar una noche y nos anunció que partiríamos en el verano. Esta vez nos mudaríamos a Francia.

La despedida de Nueva York no me fue difícil. Me emocionaba la idea de conocer otro mundo nuevo y me imaginaba que sería muy romántico vivir en París. Con Odveig me seguí escribiendo y hablando por teléfono durante varios años hasta que nos perdimos la pista. He buscado su nombre en internet sin éxito. En mi fantasía, ella es una famosa socióloga e investigadora de un reconocido centro de Helsinki donde estudian casos de hombres-camaleón.

Para muchos, Nueva York es el paraíso, para mí es una ciudad fría donde la gente está sola mirándose siempre en los espejos de los rascacielos y en los vidrios del metro para reconocer quién es. Es una ciudad en la que se va perdiendo un poco de humanidad conforme pasas tiempo allí. Tantos enormes edificios que se empiezan a adueñar *de ti. No recuerdo miradas cálidas ni saludos genuinos jamás al ir caminando por sus grandes avenidas de camino al colegio. Sólo recuerdo a Odveig y extraño la sensación de tener una gran amiga-cómplice en la vida.*

3

Nosotros perdonamos, solía decir el abuelo Iosel, pero no olvidamos nunca. Como todo lo que me decía el abuelo, yo me lo tomé personal.

Un colega del periódico me contó que en la premier en Hollywood de la comedia de Benigni *La vida es bella*, que trata de la supervivencia de un papá y su hijo en un campo de concentración, el director Steven Spielberg, quien había filmado algunos años atrás *La lista de Schindler*, tremendo drama situado también en la segunda guerra, se levantó y se fue del cine, indignadísimo. Para muchos judíos reírse es una manera de olvidar.

El abuelo también nos decía que lo más importante para un judío, aun los muchos judíos que se negaban a reconocerse plenamente como tales, y nos miraba a los nietos cuando lo decía, era la Tora. Amar la Tora más que a Dios. Ahora entiendo, aunque en ese momento me costaba mucho trabajo comprender lo que quería decir Iosel. Es la cultura que heredamos, el entendimiento del poder de la palabra divina en todo lo que nos acontece. Es la aceptación de la vida que nos fue otorgada.

En los días en que me preparaba para mi nueva existencia recordé mucho todas esas conversaciones de sobremesa que sostenían mis abuelos paternos con nosotros cuando nos visitaban. Me cuestioné sobre mi esencia y sobre si fuera cierto que mi religión era algo más que tradición y herencia circunstancial, o sea, algo que sí fluía por mis venas. Como mis recuerdos sólo abarcan esta vida, eso es algo que nunca sabré con certeza.

Los abuelos decían que nuestra historia como pueblo debía ser algo que recordáramos a diario. No se hablaba de religión per se, pero se discutían largamente las implicaciones de la shoa, la gran masacre, y se odiaba al filósofo Hegel.

En una de esas visitas, cuando ya todos teníamos cierta edad, nos hablaron por primera vez y de manera muy concreta de lo sucedido en Europa hace setenta años. Aprendí que Auschwitz, nombre propio que representa en la historia a todos los campos de concentración, no fue un accidente, ni podía ignorarse lo sucedido allí. La lección principal era que el mal existía en verdad y podría volver a revelarse. No se permitía en la casa decir la palabra "holocausto", porque mi abuelo, un purista de la palabra, decía que implica una entrega, un autosacrificio para exculparse ante Dios, y por ende era un insulto llamar así a lo sucedido en los campos de exterminio. Lo terrible de Auschwitz, decía mi abuelo, es que no sucedió por ignorancia o por falta de cultura, sino que sucedió en el corazón de la Europa ilustrada. Recuerdo que repetía las palabras de Teodoro Adorno: "No se puede escribir (poesía) después de Auschwitz". En un principio, mis dos hermanos y yo nos tomamos esa frase como una instrucción, porque cuando entramos a la escuela resultó que éramos un poco disléxicos.

"Los nuestros", decía mi madre siempre que hablaba de sus antepasados. Miraba por las noches las fotos de mis abuelos, sus padres, enmarcadas siempre en dorado y exhibidas como trofeos en la sala de cada una de las casas que habitó. Los miraba con tanta nostalgia, que me parecía que "nuestra gente" y "nuestro pasado" estaban personificados en esos dos: su Adán y su Eva, a quienes lloró hasta el final, aun con tan sólo la mención pasajera de sus nombres.

Mi visión de la religión, entonces, fue siempre que era algo que les aportaba un nombre antiguo a los hombres modernos. Nombres que los atan al pasado, nombres heredados, nombres sagrados. En el judaísmo, el nombre es aquel por el cual te conoce Dios y también su ángel de la muerte.

Había una historia que contaba siempre el tío Arnoldo, el rabino, que nunca supimos qué tan verídica era, en la que una señora llamada Esther, miembro de la congregación, estaba muy enferma en el hospital. Los doctores le dijeron que no había ya nada que hacer por ella, la muerte vendría muy pronto, era inevitable. Esther, aunque tenía ya ochenta años, no quería morir, quería seguir viviendo, y al tío

Arnoldo, que era un joven rabino, se le había ocurrido una trampa, un engaño para evitar que el ángel de la muerte se la llevara. Se lo propuso a Esther y ella aceptó. Por medio de una ceremonia le cambiaron de nombre, de Esther a Ethel, y el truco funcionó. Ethel empezó a mejorar muy rápidamente, hasta que se curó. Su nuevo nombre, no aparecía en la lista de los que debían morir. El ángel no la encontró.

Así, la religión, para muchos hombres, está en su vocabulario cotidiano, en lo que comen, en su agenda, en sus amigos, en la política, en muchas de sus actitudes y en casi cada decisión que toman y en las que no.

El judaísmo está también en el sexo, donde no existe esa culpabilidad católica, porque se considera al acto sexual como la forma de conexión más elevada entre dos seres humanos (aunque preferiblemente casados). Cualquier judío sabe que si un hombre no "le cumple" a su mujer, como es su obligación, ésa puede ser una causal de divorcio. Reconozco que, en gran medida, la presión de casarme que sentí durante muchos años, y ante la cual me rebelé absolutamente, tiene mucho que ver con mi condición de mujer judía. Desde que éramos niñas, a mi hermana y a mí siempre nos dijeron las abuelas que nuestra misión más importante como mujeres era prepararáramos para ser buenas esposas. Los logros en la escuela y en la carrera eran cosas secundarias o, si acaso, algo que nos podía hacer parejas más atractivas para algún hombre.

Mis antepasados por parte de mi padre eran polacos exiliados a un gueto judío de Varsovia. Ellos vivieron de lleno la invasión de los nazis y murieron finalmente en el campo de exterminio en Auschwitz. Mi padre era muy pequeño cuando llegó a México con un grupo de huérfanos sobrevivientes, liderado por un joven extremadamente inteligente y generoso llamado Iosel, al que llamo siempre "abuelo". Él fungió como un padre substituto para esos huérfanos, un padre que los cuidó, educó y mantuvo unidos hasta su muerte. Creo que el hecho de haber sobrevivido por gracia divina hizo que los milagros se consideraran parte de una herencia familiar. Los eventos de la vida diaria tomaban dimensiones milagrosas. Eran vistos de forma muy diferente a como ven un milagro los católicos. No hay vírgenes marías en los hotcakes ni en el moho formado en el baño, pero en mi casa Dios indudablemente estaba presente en las coincidencias y en los encuentros amorosos. Por ejemplo, el abuelo Iosel se encontró con la abuela, quien llegó a México de Argentina a los veintitrés años, el año en que terminó la guerra, y aunque ella era mayor que él y apenas se entendían, sintieron desde la primera vez que se miraron a los ojos que su amor estaba predestinado. Se casaron al mes, pero él tenía ya tantos hijos adoptivos que decidieron no tener más familia. Por el hecho de ser adoptivos, para mí esos dos fueron y serán siempre los abuelos ideales. La familia de mi abuela había huido de Rumania antes de la segunda guerra, por el fuerte antisemitismo. Pasaron por Argentina, donde vivieron en Bariloche durante algunos años antes de instalarse para siempre en México.

Pienso que el hecho de que mis antepasados pasaran de un país a otro y terminaran en México influyó también en mí cuando tuve que decidir en dónde vivir en mi edad adulta. Si México había sido tan bueno con ellos, que eran extraños en todo sentido, sería bueno conmigo siempre.

De la misma forma, el milagro del amor les sucedió a mis padres. Algo indescifrable lo llevó a él a enamorarse de mi madre. Supongo que algo tuvo que ver su hermoso pelo negro rizado y esos ojos grises ligeramente rasgados. El joven polaco-mexicano se casó con ella, una chica de familia española-judía (sefardí) que llevaba varias generaciones viviendo en México y fueron felices para siempre. Así nacimos nosotros, cinco locos, de esa pareja con rasgos prudentes y a la vez pasionales, y con un gran sentido de lo chistosa, milagrosa y a veces tramposa que es la vida.

Mi hermano mayor hizo su bar mitzvah al cumplir los trece, porque insistieron los abuelos maternos, pero después de que ellos murieran, ni mis hermanos ni yo hicimos el menor intento por conciliarnos con la fe ancestral y ser practicantes asiduos. Nunca fuimos al kibutz, porque mi padre decía que ésas eran ideas comunistas, y aunque todos viajamos a Israel un verano entero de vacaciones cuando vivíamos en Nueva York, nadie pensó jamás en irse a vivir allá. Jerusalén, para mi familia, es como la tía a la que invitas a visitarte siempre que quiera, pero que prefieres que tenga su propia casa.

De cualquier forma, después de esa conversación con mi prima, que se convirtió en una intensa reflexión sobre la religión, empecé, naturalmente, mi búsqueda de marido en la sinagoga de mi tío Arnoldo, uno de los muchos hermanos adoptivos de mi padre.

Le hablé a Arnoldo una noche y le dije que estaba interesada en practicar mi fe. Como buen rabino, se puso feliz y me citó en su oficina al día siguiente para que platicáramos. Yo creo que desde que entré con mi nuevo look, pelo corto y falda más larga, supo mi intención, pero como el tío querendón que es, entendió que tenía frente a él a una mujer más que en edad de merecer y me siguió la corriente. Después de algunas semanas en las que estudié todos los días, fui a su casa a platicar con él y asistí a la ceremonia del sabbat fielmente, me invitó a una cena especial de un grupo de solteros de su congregación, de judíos reformados de Polanco, organizado por su mujer. Siendo una buena rabina, o más bien una buena mujer judía, deseaba que todos en la comunidad estuvieran bien casados, además del hecho de que al casar a varias parejas, ella tendría asegurado su lugar en el cielo. Este concepto de shidaj, de hacerle de casamentera, es parte del mitsvah de cualquier mujer u hombre, o sea, hacer buenas acciones para el prójimo, y yo estaba encantada de que alguien lo hiciera por mí.

Allí fue donde conocí a Nathan, un norteamericano que llevaba años viviendo en el DF y que al parecer estaba ya muy bien integrado a la vida religiosa y social de la sinagoga. Era amigo de todos, con una naturaleza ligera y ojos sonrientes. Durante la cena organizada por Doris, en honor al día del amor y la amistad, platicamos mucho, sobre todo de política. Bueno, más bien él habló y yo escuché atenta. Era un apasionado del tema y parecía alguien sólido, interesante y muy simpático, o sea, lo que te dirían tus tías que es "un gran partido". Durante la conversación me dijo que tenía una amiga a la que le interesaría mucho conocerme, por haber sido periodista, pues estaba haciendo *research* sobre los medios de comunicación mexicanos. Yo me sentí muy importante y halagada, y acepté encantada. Cuando me pidió mi número para que fuéramos a comer, me sentí feliz. Me habló ese lunes para vernos al día siguiente.

Quedamos de vernos en un restaurante cantonés cerca de mi casa, que yo propuse porque me había mencionado que le gustaba mucho la comida oriental, y en particular la china. Desde que llegué, supe que las cosas no marcharían como hubiera querido. En la mesa estaban Nathan y una rubia muy guapa que resultó ser una inglesa que estaba haciendo su doctorado en ciencias sociales en el ITAM. Era la amiga de la que me había hablado. La comida estuvo deliciosa y la rubia derrochó felicidad y buen humor. Estuvo divertidísima, su plática siempre interesante, sus comentarios más que propicios, y cuando Nathan hacía algún comentario coqueto y burlón, ella se sonrojaba y tocaba a Nathan en el brazo. Conmigo también era pura buena onda. Al final de la comida, la rosa inglesa y yo intercambiamos teléfonos y promesas de vernos muy pronto. Ellos se fueron juntos hacia el sur de la ciudad y yo hacia mi casa a dos cuadras del restaurante. Nunca volví a saber de él ni de ella a pesar de las promesas de volver a vernos para seguir platicando sobre el periodismo mexicano. Algunos meses después, por un artículo en la sección de sociales del periódico me enteré de que Nathan y Rebecca se habían casado. Ella era presbiteriana y él había accedido a casarse en una ceremonia ecuménica en una playa de Acapulco. Pero aun antes de saber esto intuí que ése había sido mi debut y despedida en el club de solteros de la sinagoga. El amor real no estaba basado en una mentira interesada, porque si fuera así, terminaría yéndose a otro lugar.

En París las chicas no se maquillaban. A diferencia de las adolescentes del resto del mundo. Eran lánguidas físicamente, aunque les encantaba discutir y tenían opiniones sobre absolutamente todo. "Pfff" era el sonido favorito de los franceses que me rodeaban. Eran muy quejumbrosos. De todo mi salón, sólo había dos chicas que me caían realmente bien: Céline y Hélène. A la mayoría de los Thierrys y las Florences, al igual que a las Jennifers y los Johns, no los soportaba. Tal vez era sólo mi escuela, no lo sé, pero en mi generación todos parecían aspirar a ese "yupismo" ochentero tan particular y tan nefasto. En las calles había gente mucho más interesante, punks, góticos, muchos rockabillies, pero yo era muy tímida y nunca me acerqué a nadie.

Aunque tenía a mis dos amigas en la escuela, pasaba la mayor parte del tiempo sola deambulando por el lugar más magnífico que había visto jamás. Sentía hambre de los edificios, el río, las luces, la moda, la decoración, los museos, la comida. Quería que la ciudad estuviera adentro de mí.

Confieso que a los catorce, en nuestro último año en París, seguramente también por algún libro gringo para adolescentes que leí, empecé a robar cosas de una famosa tienda departamental cerca de la casa. Al salir por la gran puerta principal con mi botín, siempre era muy educada y decía en voz alta: "Merci Galleries Lafayette". Recuerdo que robar me proporcionaba una sensación de delirio. En mi lógica de puberta consentida recuerdo que pensaba que si eras lo suficientemente ágil como para tomar las cosas sin pagar por ellas, te las merecías. Además no le estaba robando a alguien necesitado. Yo no supe hasta mucho después que a veces hacían que las intendentes pagaran por la mercancía robada. Logré robarme varias prendas hasta que un día me descubrió mi madre. Encontró una cartera de Louis Vuitton y algunas mascadas de seda que no había manera que yo me hubiera podido comprar con lo que me daban para comer en el colegio cada semana. Lo que no encontró nunca —hay que agradecer esos pequeños milagros— fue mi botín de lencería de encaje francés que tuvo una gran influencia en mi iniciación en las fantasías sexuales. Ésas las recuerdo bien. Estaba yo siempre casada con un negro guapísimo, judío etiope, y al llegar a la casa después de una cena con amigos, hacíamos el amor en todas las posiciones que había visto yo en las ilustraciones de un librito que encontré en el cuarto de mis hermanos, que seguramente era el Kamasutra, pero del que nunca leí nada de los textos, porque me iba siempre y directamente a lo único que me interesaba. Las cenas que me imaginaba se debían a que los adultos, o sea mis padres, solían ir a cenas con amigos. Eso era lo que hacían. Lo del negro creo que tiene que ver con una conversación que les escuché a mis hermanos sobre un compañero de la escuela proveniente de Etiopía. Lo de estar casada, y con un judío, era porque seguía siendo una buena chica judía.

El día en que mi madre encontró mi botín Vuitton escondido, me llamó a su cuarto, cerró la puerta, se sentó sobre su cama y entonces vislumbré una enorme bolsa de plástico de la que sacó los objetos robados. Me dijo con gran ecuanimidad que las chicas que robaban y no tenían necesidades económicas lo hacían por falta de cariño en sus hogares, y que ella se sentía culpable por mi incipiente vida criminal. Me empezó a abrazar todos los días y a hacerme piojito por las noches durante horas hasta que me quedaba dormida. Dejé de robar, por supuesto, no por las muestras de afecto de mi madre, que eran una delicia, sino porque no quería que ella sintiera que era una mala madre.

De esos tres años, los días que recuerdo con más nostalgia son mis visitas frecuentes al Musée D'Orsay, con mi walkman bien atado a mi cinturón y mis audífonos puestos. Allí pasé horas admirando las esculturas de Rodin y un cuadro llamado El Ángelus mientras escuchaba la voz de Morrissey. Especialmente en el invierno, lo visitaba como si fuera un amigo. Lo que me hacía sentir ese cuadro de Millet era un cálido consuelo que me daba valor para volver a salir al frío y al encuentro de los posers que asistían conmigo al colegio americano de París.

Todos los fines de semana salía de mi casa y caminaba horas, o tomaba el metro sola, fingía ser una turista en mi primera visita a París. Iba a los jardines de Luxemburgo, iba a la casa de Rodin y a los Inválidos. A veces tomaba el tren hacia las afueras de París. A Versailles. Llevaba libros y comida en mi mochila. En casa nunca decía a dónde iba o con quién. Tampoco me preguntaban mucho porque siempre llegaba temprano a la casa y tenía un aspecto muy saludable, de tanto caminar supongo. A los quince años ya conocía todos los museos de París y, con mi memoria, los nombres de los cuadros y los pintores. Me imaginaba muchas veces, integrándome a los cuadros, en un suicidio artístico, convirtiéndome en parte de ellos para siempre, como mi manera de evadirme del mundo exterior. Cuando vi Los sueños de Akira Kurosawa sentí que Akira y yo éramos almas gemelas.

Recuerdo que todo me parecía importante, significativo y todo me conmovía. El arte, la música, los libros, el cine. Me conmovían menos los seres humanos que los creaban. Pensaba mucho en el fin del mundo y en una posible guerra nuclear.

Fui varias veces a Montmartre, me subí sola a la Torre Eiffel y caminé por el cementerio de Père Lachaise depositando flores en las tumbas de mis famosos consentidos (salvo Jim Morrison porque a él ya le dejaban demasiadas) y pasando horas frente a la tumba de Oscar Wilde mientras leía alguna de sus obras. Veía fantasmas famosos por todos lados.

Mi francés era bueno, aunque el francés de nadie es realmente bueno, para los estándares franceses, a menos que hayas nacido con él. Un día me tuve que regresar de la escuela en taxi porque me sentía muy mal y le di al taxista la dirección de la casa. Se lo repetí varias veces pero me decía que no me entendía por mi acento y me tuve que bajar del taxi con todo y mi cólico insoportable. Me senté en la banqueta al lado de mi mochila y lloré. A todos en mi familia nos sucedieron cosas así y bastante a menudo. De eso trataban las conversaciones a la hora de la cena. Mi hermano mayor, Jacobo, anotaba estas anécdotas en un cuaderno que atesoraba. Al final del primer año él ganó un concurso de ensayo del periódico del colegio americano, con un texto realmente cómico, que incluía varias de ellas. Estaba titulado "Por qué odio a los franceses".

Recuerdo que un día en una librería de viejo en Saint Michel se me acercó un hombre de veintitantos años, muy guapo y con un casco de motociclista en la mano y me invitó a tomar un café. Me fui con él aunque ya no recuerdo de qué pudimos haber platicado, y me llevó a mi casa en la motocicleta después de dar un paseo largo alrededor del Louvre, por el río Sena y por los Campos Elíseos. Me dijo que era una lástima que yo fuera tan joven porque nos podíamos haber entendido muy bien.

Si algún día decidiera huir de mi patria, creo que elegiría París como mi destino.

En unas vacaciones de verano, mis padres decidieron enviarnos a México a mi hermana menor y a mí, entonces conocí realmente a mi prima Juliana. Sus padres nos invitaron a pasar ese mes y medio en su casa. Para mí, mi familia era prácticamente desconocida, pero gocé muchísimo el conocerla a ella y a sus hermanos, que tenían una banda de rock y una dinámica en casa que me parecía muy extravagante y divertida. Desde el principio sentí mucha afinidad con Juliana. Ella y yo platicábamos horas y nos desvelábamos haciendo nuestros "programas de radio" en los que inventábamos personajes para entrevistar y hacíamos voces chistosas para imitar a nuestros cantantes favoritos. Mis primos me presentaron a sus grupos favoritos de new wave y yo les enseñaba groserías en francés.

En esas vacaciones, mientras platicaba con mis primos, me di cuenta de que tenía una memoria fuera de lo común. Cuando recordaba algo con lujo de detalle, ellos se sorprendían y me empezaban a hacer pruebas con un calendario de algún año anterior y yo les podía decir qué día de la semana era una fecha determinada, si había llovido o hecho calor, y con absoluta exactitud lo que había acontecido en mi vida, lo que llevaba puesto y lo que había comido, escuchado, aprendido. Todos quedábamos sorprendidos, ellos de cuánto recordaba y yo de cuánto ellos olvidaban.

A partir del día en que descubrieron ese extraño "don", yo me convertí en su fuente mayor de entretenimiento.

Pero con Juliana había otro tipo de complicidad, e inventamos un nuevo idioma para que nadie más nos entendiera. Desde niña, ella ha sido siempre una persona bondadosa, de una enorme inteligencia. Siempre defendía a los más chiquitos de su grupo de amigos y siempre tenía algo bueno que decirle a toda la gente. Es una de mis personas favoritas en el mundo y casi una santa, salvo por su sentido del humor que es a menudo bastante soez. Cuando cuenta sus chistes, que con frecuencia involucran partes del cuerpo, fluidos y desechos, ella siempre se ríe a carcajadas y le brillan los ojitos.

4

Tras los sucesos del 11 de septiembre, la famosa escritora y cineasta Susan Sontag se encontró en el centro de una gran controversia. Al ver las fotos de las torres en llamas, ella declaró que a pesar de lo terrible de aquel histórico suceso, era una imagen muy hermosa. Los más benévolos de entre sus numerosos críticos la tacharon de tener la sangre fría, de ser una artista sin sentido empático y poco humana. En los periódicos la destazaron.

Tal vez Susan Sontag haya tenido hipertimesia.

Durante mucho tiempo, cuando me enteraba de que les sucedían cosas trágicas a otras personas, o sea, a mis amigos de la terapia, yo no sentía absolutamente nada. A veces me parecía muy bonito lo que decían aun cuando estaban sufriendo, o aparecía en mi mente la imagen de lo que narraban y me gustaba mucho, quería reproducirla. No es que nunca sintiera empatía, alguna vez incluso llegué a querer abrazar a alguien o llorar, pero era raro. Veía sus problemas y pensaba que era fácil resolverlos. Lo mío, eso no tenía solución.

Durante un par de semanas después de la pequeña decepción con Nathan, estuve pensando en la otra parte del sueño: la canción de Pulp. Medité mucho sobre cómo lograría encontrar alguna forma de entender bien a la gente "común y corriente", a los amnésicos, y poder por fin sentir empatía con ellos. Quería salirme de mi congelador emocional para poder sentir lo que sienten los demás y sentirlo de la misma forma. Si no, nunca funcionaría una relación. Creí que ése era el segundo paso, después de la transformación física, para convertirme en una mujer normal, con un novio normal que me llevaría a un compromiso normal, para engendrar hijos normales, si ésos existen. Por lo menos si encontraba a alguien con un pasado familiar menos peculiar, tal vez nuestros hijos se salvarían de tener una memoria tan virtuosa como la mía.

Estaba viendo uno de esos programas de tele de cámara escondida cuando me llegó la idea por primera vez. Quizá si llegara a ver la parte más real de la gente, podría sentir que tenía algo que ver con ella. Quería acceder yo también a su memoria más íntima. Memorias muy humanas y reales, no veladas o cinematográficas, como me imaginaba que la mayoría de los seres humanos miraban hacia atrás, para evitar sentir el dolor.

Decidí salir a la calle a buscar personas reales, que además estuvieran dispuestas a confesarse conmigo, una extraña, y hablarme de sus vidas y de sus problemas. Tenía la práctica de mi trabajo como periodista y entrevistadora, y sabía que con ciertas preguntas, planteadas de cierta forma, le puedes sacar la información que desees a cualquier persona. Creo también que los talentos que más requiere un buen entrevistador son un poco de inteligencia y una gran sonrisa que dé mucha confianza.

Me compré un cuaderno nuevo y salí a la calle durante una semana entera. Hablé con gente en las tiendas, con meseros y viejitos en cafés, y con niños de la calle, con señores comprando en el mercado y adolescentes en las maquinitas. Lo terrible fue descubrir que a pesar de que la gente sí se abría conmigo cuando les decía que era periodista y que sus confesiones anónimas conformarían un libro que estaba escribiendo, lo que escuchaba me rebasaba en todos los sentidos. La gente me empezó a parecer grotesca. Un hombre obeso, mientras comía una hamburguesa en el Sanborns de la Zona Rosa, me confesó que un día al llegar de su trabajo había golpeado a su mujer de tal forma que casi la había matado y que él ni siquiera entendía por qué lo había hecho. La esposa seguía viva y ellos seguían casados y viviendo juntos. Me dijo que había sentido mucha vergüenza por su comportamiento, que había hecho un juramento de no volver a pegarle a su mujer y que había dejado de beber y fumar como autocastigo. Por eso estaba tan gordo, me dijo, tenía que sacar todo eso de alguna forma. Otro chico muy joven, que atendía una tienda de discos usados, me confesó que era homosexual, que a nadie se lo había dicho antes y que él había descubierto que era gay porque cuando tenía trece años el sacerdote de su pueblo lo había tocado indebidamente, pero que a él le había gustado muchísimo la experiencia. Después, una niña de ocho años que vendía chicles me contó sobre su vida diaria, cómo sus padres no la dejaban ir a la escuela y la forzaban a trabajar en la calle. Ella tenía que cuidar a su hermanita de tres años. Además de vender chicles, debía conseguir dinero suficiente para darle de comer.

Al escuchar tanta miseria humana, tantas verdades que mostraban claramente un lado muy oscuro, que es imposible negar que existe en todos nosotros, no sólo no logré sentir empatía con mis confesados, sino que muchas veces, por el contrario, sentí que me repugnaban, incluso yo misma me empezaba a provocar horror.

Decidí dejar el proyecto de las confesiones, optando por una manera más científica de entender a los seres que me rodeaban, o sea de entender sus problemas cotidianos y así empezar a participar afectivamente con ellos. Después de releer mis notas de las entrevistas-confesiones, me metí a internet y busqué títulos de libros que concordaran con los problemas de mis entrevistados. Descubrí que los libros de autoayuda conformaban más de la mitad de la lista de los best sellers del *New York Times*. Creo que la nuestra, que es de la única que me atrevo a hablar, es una especie perdida en busca de soluciones fáciles para sus dilemas existenciales, que son complicadísimos. En un libro de cincuenta cuartillas se pretende solucionar problemas de raíces realmente enmarañadas.

Me daba entre risa y ternura mi especie.

Así, me dirigí a una librería donde venden muchos títulos en inglés. Un lugar muy cerca de mi casa, al que había empezado a ir en las tardes a hojear libros y a tomar capuchinos. Iba yo siguiendo al librero con mi lista de libros de autoayuda en la mano cuando vi un libro nuevo de Paul Auster titulado *La luna de Atenas*. Me paré a leer la contraportada cuando alguien me dijo casi al oído:

—Ese libro habla de algo que me sucedió a mí.

Volteé y vi a un hombre muy alto, bronceado, de pelo oscuro que le caía en la cara y le tapaba uno de sus ojos azules brillantes. Tenía la sonrisa burlona de héroe de película de Godard. Hizo que me sonrojara de inmediato y pusiera el libro de vuelta en su lugar, nerviosísima.

—Es un gran libro —me dijo el hombre.

—Pues eso espero, yo lo escribí —le contesté sonriendo.

—¡No! ¿Tú eres Paul Auster?

—Sí. Me quité el bigote hace algunos meses, pero me tendrás que disculpar, ya no doy autógrafos.

Él se rio de mi broma sonsa con una amplia carcajada que me dio confianza. Sin darme cuenta, bien a bien, de lo que estaba sucediendo, me invitó a tomar un café allí mismo, y así conocí a Israel. Su nombre sin duda fue un factor importante en la atracción que sentí por él, aunque creo que el hecho de conocer a un hombre así de guapo en una librería, rodeada de libros fantásticos de arte y poesía, fue lo que lo hizo completamente irresistible. Me pareció una gran historia para contarles a los amigos, a los hijos y en especial a los nietos, a quienes les encantan esas historias.

¿Y por qué me fui hasta los nietos en un par de segundos en vez de ir viendo cómo se daban las cosas y gozar cada paso? Porque las mujeres así somos muchas veces, y aunque seguramente hay muchas honrosas excepciones, solemos cargar con el vestido de novia en la cajuela y de inmediato empezamos a llenar el álbum de fotos imaginario. Un álbum que les enseñaremos en un futuro lejano a nuestros retoños, que a veces hasta ya tienen nombre.

Me gusta creer que cualquiera en mi situación habría hecho lo mismo ante una criatura así de celestial, así de cinematográfica. Eso sí, mientras sucedía, yo me comporté con la mayor naturalidad del mundo, como si cosas así me sucedieran todos los días.

Esa misma noche después del café de cuatro horas, una cena en un bistrot a la vuelta y un par de copitas de vino, terminamos en mi departamento y platicamos toda la noche sobre la vida, los libros y las películas que amábamos. Le pregunté si había estado en Cuba y me contó sobre sus experiencias en La Habana y Varadero. Consideré eso como una buena señal. Nos miramos hasta acostumbrarnos a nuestras caras y nuestras voces, anteriormente extrañas, y nos quedamos semidormidos en los sillones de la sala escuchando música. En la madrugada me levanté y me fui a dormir a mi cama, lo dejé a él en la sala rodeado de todas las cosas que yo tanto amaba y lo cubrí con una cobija (que sabía yo que tenía mi perfume impregnado). No sucedió nada esa noche, ni siquiera me tocó la mano. Cuando le pregunté después por qué no había intentado nada, me dijo que estaba tan seguro de que lo nuestro sería una historia importante, que decidió que el deseo creciera hasta ya no soportarlo más. También estaba seguro de que yo lo batearía y no quería arriesgarse a que ya no lo quisiera ver. Como buen seductor con experiencia en leer en los ojos lo que necesita cada mujer, me conoció rápidamente e intuyó que lo mío eran las palabras, el arte lento, casi oriental, de la seducción. Ese lograr que un corazón confíe lo suficiente para soltarse y a la vez soltar el cuerpo. Él logró conquistar mi confianza con su verborrea, que me agotó y también me enamoró. Creó la intimidad poco a poco, con paciencia ante mis rarezas e inseguridades, y con constancia, pero sobre todo al no parar de hablarme, como si sospechara que ante tanto silencio en mi vida, las palabras eran justo lo que yo necesitaba.

A la mañana siguiente, o sea, a las pocas horas después de nuestro primer encuentro en la librería, desperté y él ya no estaba en la sala. Inmediatamente, pensé que con la luz matutina, él se habría ido corriendo y dudando si la noche anterior no habría sido una gran pérdida de tiempo.

En vez de eso escuché ruidos en la cocina. Regresé a la cama, me puse una bata y me arreglé un poco el pelo. Al poco tiempo entró a la recámara con dos jugos de naranja y un plato de bagels con queso crema y salmón ahumado. Era el desayuno perfecto. Me dijo que tenía que irse de regreso a su departamento para cambiarse e ir corriendo a la oficina, pero que me hablaría más tarde para que cenáramos juntos. Seguí dudando de su sinceridad y de su atracción por mí, hasta que a las cuatro de la tarde me llamó para confirmar la cita y esa noche sucedió lo mismo que en la anterior. Los días siguieron así, sólo que llevamos nuestras palabras a la calle. Caminábamos mucho mientras hablábamos. Fuimos al cine, al teatro, a museos, a exposiciones de foto, que era lo que a los dos nos interesaba más, comidas y cenas de conversaciones eternas. En el cine, me tomaba la mano y me hacía cariños en el pelo. Una vez incluso tomó mis piernas y las colocó encima de las suyas. Me encantaba ir al cine con él.

Dejé de fumar casi de inmediato. Había encontrado una nueva adicción.

Estábamos solos siempre él y yo. Decía que las presentaciones con la familia y los amigos vendrían después, pero que él sentía que debíamos pasar solos todo el tiempo posible para conocernos muy bien, a profundidad, porque habíamos perdido ya mucho tiempo, muchos años sin el otro. Durante esas semanas nos reíamos muchísimo. A veces recuerdo chistes precisos y, a pesar de mí, vuelvo a reírme. Nos la pasábamos tan divertidos como si fuéramos niños de nuevo, sin ninguna otra preocupación en la vida más que gozar de nuestra compañía. Todo lo que él decía me parecía importante y simpatiquísimo. Cada uno de sus movimientos era grácil y atractivo. Todo en él era hermoso.

Había llegado a mi tierra prometida.

Después de dos semanas de vernos todos los días, empezamos a dormir juntos todas las noches, abrazándonos o con las manos enlazadas. Me parecía increíble poder dormir con él a mi lado y sentirme tan relajada y reconfortada por su presencia. En lo sexual fue poco a poco avanzando, deliciosa y suavemente. Con arrebatos de pronto pero que siempre terminaban en risas locas porque yo era bastante torpe. Pero lo que más gocé era poder dormir con él. Nunca había podido dormir con mis novios. Me sentía siempre vulnerable y pasaba las noches en vela sin descansar nunca. Con Israel dormía profundamente y cuando me despertaba, me sentía descansada. Todo eso era nuevo para mí. Era de pronto mi mejor amigo, mi cómplice, mi amante y mi mundo entero.

Me hablaba varias veces al día o me mandaba mensajitos chistosos por el celular. Yo mientras tanto pasaba mis horas leyendo, escribiendo poemas cursis, soñando con los ojos abiertos, leyendo para tener cosas que contarle, esperándolo. Me volví una *junkie* total porque de pronto descubrí que él era lo único que me interesaba.

Ya me había acostumbrado tanto a la relación, que me sorprendió mucho ver mi agenda un día y darme cuenta de que sólo habían pasado dos meses y una semana desde aquella tarde en la librería. Parecía una vida entera.

Siguiendo con nuestro extraño sentido del humor, le propuse que festejáramos nuestro aniversario cada nueve semanas y media, y había llegado ya el primero.

Ese viernes decidió que fuéramos al Camino Real a pasar el fin de semana. Recuerdo que pagó en efectivo y yo tuve que poner mi tarjeta por si gastábamos más o usábamos el teléfono o el minibar. El hecho de que no tuviera tarjeta de crédito se me hacía chistoso, otro dato curioso de él. Cuando le pregunté sobre eso, me dijo que confesaba no confiar en los bancos y mucho menos en las tarjetas de crédito. Fue un fin de semana espectacular. Todo en él era muy distinto e interesante. Era un amante generoso y tierno, pero sobre todo podía reírse, y mucho, de sí mismo, de los demás, de mí. Me encantaba su cuerpo, el hecho mismo de tenerlo cerca era un afrodisiaco. Se burlaba de mí y fingía llamarle al doctor del hotel para pedirle que viniera a la habitación, que su novia sufría de un agudo caso de ninfomanía.

Todo el tiempo me tocaba, las manos, una pierna, el pelo, la cara. Era sumamente cariñoso. Me preguntaba muchas cosas, aunque él de su vida contaba realmente poco. Decía que era mucho más interesante hablar de mí. A veces me decía una fecha y me pedía que le narrara todo lo que había sucedido aquel día. Desde que me despertaba hasta el momento de irme a dormir. Le interesaba mucho la hipertimesia. Se puso a investigar y encontró un documental y varios artículos científicos que me compartió.

El domingo en la tarde regresamos a mi casa y platicamos otra vez toda la noche como el día en que nos conocimos.

Había tanto de qué hablar sobre el pasado y lo visto, leído, pensado, más todo lo que se iba acumulando de aquellos dos meses de convivencia diaria. Mientras más platicábamos, más salían temas sobre los cuales hablar. Me alentaba el hecho de que jamás terminaríamos como esas parejas que tanto detesto porque se ven tan aburridas ahí sentadas en los restaurantes, mirando la comida en silencio absoluto.

Me gustaba que se interesara tanto en mi vida. También me preguntaba mucho sobre mi familia, mis hermanos, mi madre, le interesaba la historia de vida y las andanzas de mi padre en su carrera diplomática, y me preguntaba mucho sobre su relación con mi madre. Me dijo que él nunca conoció a su madre, porque ella murió cuando él era apenas un bebé. Había sido una rusa pelirroja guapísima, una actriz, me dijo, y al pronunciar esas palabras bajó los ojos e inmediatamente después cambió el tema de conversación. Me dio tanta lástima, no tanto por su pérdida a tan temprana edad, sino por el hecho de que aún ahora, a los treinta y nueve años, siguiera sintiéndola tan profundamente. Me recordó a mí y cómo yo vivo y revivo las cosas. Lo sentí tan cerca, como nunca había sentido a ningún hombre. Sentí el amor por primera vez desde la muerte de mi madre. Sentí Amor, con mayúscula.

Esa noche lo sentí muy triste, como el día en que mencionó a su madre. Me acerqué y lo empecé a besar y a acariciar con una especie de instinto extraño. Yo siempre dejaba que él iniciara todo. Tal vez por miedo a ser rechazada, pero esa noche su tristeza me impulsó. Creo que trataba de sanar sus heridas con mis caricias. Hicimos el amor de una manera diferente a los días anteriores. Era la forma de tocarse más de una pareja sólida que se mira a los ojos sin temer lo que va a encontrar. Estuvimos abrazados un rato y después se levantó para preparar un té en la cocina. Se tardó mucho tiempo y cuando llegué a la sala, aún no había preparado nada y estaba apuntando algo en su iPhone. Cuando le pregunté sobre lo que escribía, me respondió que era algo de su trabajo que acababa de recordar.

Nos sentamos en la sala y me dijo que le gustaba mucho mi casa, que yo tenía un gusto impecable, salvo por los hombres, y se rio mucho, yo me reí con él. Esa madrugada recorrimos las paredes y me preguntó por cada uno de los cuadros que las cubrían. Me preguntó por su valor emocional y real. Un año antes, mi padre me había enviado varios cuadros, algunos de gran valor, por valija diplomática, antes de mudarse de Japón a Washington. Decía que eran los favoritos de mi madre y que yo los debía cuidar. Entre esos cuadros había uno especial, un cuadro de Tamayo que llevaba por nombre *Mujer contemplando la luna*. Creo que es una obra que a ella le gustaba tanto porque se identificaba mucho con la imagen y porque había sido el primer cuadro que habían comprado mis padres juntos. Habían ahorrado muchísimo para poder comprárselo a un amigo que era un importante coleccionista. Por lo tanto, le dije, tenía un gran valor real y emocional. Se había convertido en mi cuadro favorito. La escena es de una mujer desnuda, que mira complaciente hacia el cielo, como si fuera la eternidad. No es un cuadro muy elaborado, pero su belleza radica, precisamente, en su sencillez y en la mirada de la mujer que absorbe todo lo que mira. Tal vez tenga mucho que ver con la forma en que murió mi madre, mirando el mar, de noche. En ese momento Israel me miró fijamente, me dijo que le gustaría vivir conmigo y después tener una familia.

Cuando le pregunté sobre dónde le gustaría que viviéramos, me respondió: "En la luna, lejos de todo". De pronto me sentí agotada y decidí irme a dormir. Israel me dijo: "Súbete", y me cargó sin dificultad hasta mi cuarto en su espalda, como si yo fuera una niña. Después de depositarme en la cama, se quedó parado un rato mirándome complacido y me dijo que tenía una junta a las pocas horas y que prefería irse a su departamento a dormir un rato, bañarse y cambiarse. Le di las llaves para que pudiera salir. Sentí que al darle las llaves lo estaba invitando a sentir que mi casa era suya. Para que después lo fuera.

Al despedirse me pidió que no olvidara que me amaba mucho. Como nunca a nadie más.

Yo le mandé un beso y le respondí: "Si yo no olvido nada". Esa noche tuve la sensación de ser todo lo que me imaginaba que podría ser una princesa durmiente.

Nos mudamos a Beijing, donde vivimos únicamente un año, y como siempre, fui inscrita en un colegio internacional donde asistíamos a clases en inglés, los hijos e hijas de diplomáticos y de empresarios extranjeros. En las clases de francés avanzado leí El amante, *y así decidí enamorarme del hijo del dueño del restaurante al que iba con mi familia los domingos. En esa clase compartía mi banca con una chica pakistaní, a quien le contaba siempre de mis aventuras inventadas con ese chico. Confieso que un sábado en el que mis padres se habían ido a Shanghái a pasar el fin de semana, fui al restaurante y tuve la suerte de que él estuviera trabajando de mesero ese día. Sus padres se apellidaban Li y a él todos le decían Shao Li, o sea el joven Li. Nunca supe cuál era su nombre completo. No sé cómo logré empezar a platicar con él, porque manejaba un inglés realmente básico, y cuando terminé de cenar, seguimos charlando. Lo convencí de que me enseñara el sótano del restaurante. Esa tarde, en ese sótano sucio, tuve sexo por primera y última vez en muchos años. No fue* una experiencia placentera. Fue doloroso y él era bastante torpe. Cuando lo pienso, mi cuerpo se tensa. Recuerdo su mirada vacía. No parecía emocionarse al tenerme frente a él deseándolo. Creo ahora que él nunca se había fijado en mí y todo el amor que yo le profesé durante el acto amoroso, en un mandarín bastante pobre, lo tomó completamente por sorpresa. Nunca nos volvimos a ver a solas y jamás me habló por teléfono. En la juventud esas cosas sólo te hacen sonrojar un poco, porque crees con vehemencia que seguramente te aguarda un largo y felicísimo futuro lleno de amor.

Los domingos —el día en el que íbamos en familia a visitar algún lugar, la muralla, algún museo, a comer y al cine en el club de los marinos estadounidenses, que era el único lugar donde podíamos ver cine en inglés— yo me dedicaba a contar el número de chinos que veía que hubieran salido a pasear en piyama. Era su único día de descanso, nos explicó un amigo inglés de mi padre, y por ende muchos se rehusaban a bañarse y vestirse. Algunos también llevaban jaulas de pájaros mientras se paseaban por las calles, de la misma forma en que en Occidente salimos a pasear a los perros. Supongo que sacar a pasear mascotas es algo natural.

En China, donde la cultura y las costumbres son completamente distintas, encuentras que hay cosas casi inherentes al ser humano.

Recuerdo también una noche, 24 de noviembre para ser más precisa, cuando estaba ya metida en mi cama y escuché alaridos provenientes de la calle. Me asomé por la ventana junto con mi hermana, muy asustadas, y vimos a un grupo de mujeres gritando y llorando mientras caminaban alrededor del edificio de enfrente. *Como a todos, nos había despertado el ruido y ya no podíamos dormir porque estuvieron las mujeres gritando un buen rato. Para calmar los nervios, mamá nos hizo chocolate caliente y comimos galletas en la cama. Mi hermana se metió a la cama conmigo. Recuerdo a lo que olía su piyama, como a fresas y vainilla. Al día siguiente mi padre nos explicó que había preguntado en la oficina y que las chicas locales, Adriana y Jennifer —sus verdaderos nombres eran Tiane y Kumiko, pero se hacían llamar así para identificarse como hablantes de español—, cuyo trabajo consistía en explicarnos cosas sobre la cultura china, le dijeron que se trataba de las lloronas, las plañideras como las hay también en México. Son mujeres a las que les pagaban para que lloraran por los muertos, porque ellos no tienen la costumbre de llorar.*

Si nos enfermábamos, tomábamos medicina tradicional china, y aprendí un poco de tai-chi de los maestros en el parque cerca de la casa. Comí escorpión y serpiente, y en la calle probé cosas que no tengo idea de qué fueron. Afortunadamente.

Los chinos se tocan mucho, como los latinos, sólo que ellos parecen ignorar el concepto de que todos tenemos un espacio vital, o sea, que se le pegan al de enfrente en la fila del supermercado o el metro. Escupen en cualquier lugar, hablan muy fuerte, se ríen mucho y nos miraban a mis hermanos y a mí con curiosidad cuando caminábamos por la calle. Mi hermano menor, que es muy güerito, no soportaba que la gente quisiera siempre tocar su pelo y que se riera a carcajadas después, como si tuviera algo de humor el color de su pelo.

*Era un lugar indescifrable y por lo mismo fasci-
nante. Pasaban tantas cosas tan extrañas todos los días,
que aún ahora no estoy segura de si mucho de lo que vi
y viví, aun contando con mi condición, fue real o si me
lo inventé todo.*

5

No vi a Israel ni hablé con él durante todo el día siguiente. Su ausencia absoluta se sintió un poco extraña. No había sucedido eso antes, porque nos habíamos visto y hablado todos los días, todo el día, y no sabía muy bien qué hacer con mi tiempo y con mi cuerpo. Revivía nuestra historia cada diez minutos para asegurarme de que no había malinterpretado nada. Que él realmente me amaba y que no se iría por cualquier razón. Todos los sentimientos, los sabores y los olores relacionados con él me venían en ráfagas, sentía sed de su aliento, oleadas de deseo y ataques de amor casi insoportables. Sentía que vivía con cuarenta grados de calentura. No me imaginaba lo que sería si él se tuviera que ausentar algunos días, si se tuviera que ir de viaje. Me regodeaba en el recuerdo, tan inmediato y tan lejano.

Me fui al cine y vi dos películas para tratar de olvidar su ausencia. El martes en la mañana me habló y quedamos de vernos en el centro comercial Altavista, para cenar en su restaurante favorito, donde tienen un *fondue* de chocolate que nos encantaba. Desde que llegué lo sentí nervioso, irritado y distante. Todo en él era extraño esa noche. Su forma de hablar, sus actitudes y ademanes parecían pertenecer a otra persona muy distinta. A cambio de su buen humor, sus ojos brillantes y su voz apacible y juguetona de siempre, había una extraña exaltación, nerviosismo puro. Al principio sentí preocupación y después, al final, un miedo paralizante.

Recuerdo que una amiga de mi hermana, con la que convivimos un poco, al terminar la preparatoria se fue un año a estudiar inglés a Irlanda. Regresó cambiadísima, y descubrí que a las personas con poca personalidad, la influencia de un exterior distinto al que están acostumbrados las puede transformar casi completamente. Incluso regresó transformada en su aspecto físico, su actitud era distinta, su forma de hablar, todo en ella había cambiado, y creo que lo había hecho a propósito. Una especie de venganza hacia sus padres, que la habían enviado al extranjero cuando ella sólo quería quedarse en México y ser una adolescente normal esperando entrar a la universidad junto a sus amigas, gozando de su casa y de su gente. La transformación repentina de la gente siempre me ha molestado y me provoca mucho miedo. Por eso creo que nunca podría salir con un actor, me aterraría el verlo en el escenario, luciéndose siendo otro.

Esa noche en el restaurante, cuando yo intentaba tocar a Israel, se apartaba de mí. Ahora siento que también me miraba con un poco de desprecio, como si el hecho de que yo lo quisiera tanto le resultara nauseabundo. Aunque sentí dolor ante el rechazo, también creo que al principio lo comprendí. A veces los seres humanos reaccionamos así cuando no nos gustamos mucho nosotros mismos. Yo soy un perdedor, no valgo nada, así que si tú me admiras y me quieres, significa que vales aún menos que yo. Como el inicio de *Annie Hall*, en el que Woody cita a Groucho Marx: "I wouldn't want to belong to a club that accepts me as a member". De hecho debería de ser al revés, deberíamos admirar a los que les gustamos por tener tan buen gusto. Debería considerarse una cualidad en aquella persona.

Al terminar la cena, de la cual casi no comió nada, me dijo que tenía algo que decirme. Me anunció que se iría de viaje al día siguiente y que pensaba que estaba bien, que sería sano el dejarnos de ver un rato, que nos hacía falta extrañarnos un poco. Y luego su monólogo fue creciendo, en rapidez, en violencia. Él necesitaba espacio, me dijo, se sentía sofocado. Traté de tranquilizarlo, toqué su brazo, como diciéndole: Está bien, habla, yo estoy aquí contigo y si hay un problema, juntos lo solucionamos, pero en vez de apaciguarlo, se puso furioso, me tomó por la muñeca y apartó mi mano con fuerza.

"¡No me toques, por favor! Necesito decirte esto y no es fácil para mí."

Hubo un largo silencio y vi que trataba de recuperar la compostura. La verdad es que no se iba a ninguna parte, me confesó. Cuando lo miré confundida, dolida, pero sin llorar, con mi mirada comprensiva, la rabia en él resurgió. Me dijo entonces que se sentía agotado, que ya no me deseaba, que no le interesaba nada de mí, al grado de que ni siquiera le interesaba lo que yo tenía que decir al respecto. Cuando ya no contuve las lágrimas, llena de dolor, le dije que me iba a mi casa, que no tenía por qué escuchar eso. Una cosa es ya no querer seguir en una relación y la otra era buscar lastimar. Miró su reloj, pareció reaccionar, se suavizó mucho y me dijo que lo perdonara, que se sentía muy mal, que habían sido dos días muy difíciles. Creo que utilizó la palabra "temibles". Que me quedara un rato más con él y que prometía que me hablaría en un par de días y que seguramente para entonces ya se le habría pasado la sensación que lo estaba torturando. Es extraño cómo el amor nos hace actuar de pronto como pordioseros, y así, me esperé un rato más allí sentada en silencio, rogándole con la mirada llorosa, aunque bien sabía que no lo volvería a ver y que mi corazón se había resquebrajado como la pared falsa del restaurante, que intentaba parecer la pared de una casona antigua al sur de Francia y que miraba yo fijamente concentrándome para ver si así dejaba de llorar.

Después de algunos minutos de silencio me levanté, me acompañó a mi coche, me abrazó y después me dio un beso lento en la mejilla. Me tenía tomada de los hombros, con los ojos cerrados. Creí sentir incluso que aspiraba mi olor, pero eso no tenía sentido cuando me acababa de decir que le provocaba desprecio. Antes de que arrancara el coche, se acercó de nuevo, me pidió que bajara el vidrio y me entregó las llaves de mi departamento. Las miré incrédula y arranqué el coche pensando que nunca llegaría a mi casa. En "piloto automático" llegué por Revolución hasta el Circuito y a Mariano Escobedo. Manejé un rato por la zona de Polanco. Me tranquilicé y decidí entrar a mi casa, tomarme un té e intentar dormirme. Sólo quería olvidar lo sucedido aquella larga noche. Cuando llegué a mi edificio, subí las escaleras, y mientras abría la puerta de mi departamento, miré mi reloj. Eran apenas las diez de la noche. Tardé algunos segundos en reaccionar al entrar a la sala. Estaba completamente vacía. Todos mis muebles habían desaparecido. Las paredes vacías. Los libreros y sus contenidos. No había nada. Como si me hubiera mudado y el departamento estuviera listo para que alguien más entrara a vivir allí con todas sus pertenencias.

Al pasarse el desconcierto inicial de ver mi sala vacía, que fue tan fuerte que incluso llegué a pensar que estaba en el lugar equivocado, recorrí cada habitación de mi departamento, decorado con tanta dedicación, y descubrí que, en efecto, alguien me había despojado de todas mis pertenencias. Todos los muebles, aparatos electrónicos, libros, discos, películas, los cuadros de mis padres, mi computadora y mis discos de respaldo, mi cama japonesa, mi ropa, mis zapatos, mis maletas, algunos papeles. Todo lo que me habían regalado alguna vez, todo lo que me había comprado a lo largo de los últimos años y que tenía algún valor material, y algunas cosas que sólo tenían valor para mí. O sea que me habían dejado en la calle, o por lo menos con un departamento que se asemejaba más a un callejón en un domingo lluvioso por la noche, que a un lugar que alguien habitara.

Empecé poco a poco a hacer un inventario de mis cosas y de todo lo que había perdido. Ya no me quedaba ni una sola fotografía de mi madre, de mi infancia, de los amigos, de las casas en las que había vivido, ni todas esas cosas que me hacían recordar siempre los países por los que había transitado y la gente que había conocido y querido y dejado atrás. Mis testigos se habían esfumado. Mi memoria interna, mis recuerdos, no tenían respaldo si algún día los perdiera. Atesoré de pronto mi bendita memoria que podía traer vívidamente los momentos del pasado feliz al presente con tan sólo pensarlos. Era lo único real que me quedaba.

¿Sería una prueba o un milagro a la inversa? ¿Una lección de vida de aquel Dios del que me hablaron los abuelos?

Tuve el impulso de llamarle a Israel para contarle y recordé de nuevo, de súbito. Peor que cualquier otra pérdida, fue el haber perdido la ilusión del amor.

Ese día sería conocido como el día de mi tsunami, mi shoa personal, el exterminio de todo lo que yo consideraba que conformaba mi vida hasta ese momento y también de mi recién descubierta misión. Fue un sentimiento extraño. Me senté en el piso y lloré durante no sé cuánto tiempo. Muchas veces había sentido que las cosas que vivía no eran tan reales porque se mezclaban muchas veces con mis recuerdos y con mi intensa forma de vivir y percibir todo, que a veces desvirtuaba o exageraba los acontecimientos. Pero supe que ese hecho era tan real como yo. Y como todo era tan tangiblemente real, la sensación era de que el universo me pisoteaba con su gigantesco pie. Ahora veo esa escena y me imagino a alguien muy diferente viviéndola. El recuerdo es frío a diferencia de todos los demás. Por fin mi cerebro me echa la mano un poquito. Lo llaman disociación.

Lo que sentí después como una liberación, precisamente por el hecho de no tener una sola pertenencia en mi presente ni nada que me atara a mi pasado —como un monje budista en Polanco— en ese momento lo vi como lo más trágico que me había sucedido jamás después de la muerte de mi madre. Finalmente, mis cosas en ese entonces eran mis salvavidas, y creía que mi misión era ser la guardiana de objetos y recuerdos. Era una gran consumidora de todo lo que había por consumirse: arte, ropa, música, películas y libros. Eso era lo que había llenado mis vacíos y me ayudaba a huir de mi propia mente. Su ausencia me dolía como si fueran partes de mi cuerpo mutiladas. Lo que había elegido, lo único que realmente controlaba de mi vida eran ahora sólo presencias fantasmales. Creo que toda mi vida había sido consumidora de sentimientos ajenos, porque me permitían ordenar los propios, y por eso me gustaba tanto el arte en todas sus formas, en especial el cine.

Fue como si por fin mis sospechas se confirmaran: existía un mundo afuera de mí, con personas que hacían cosas insospechadas por mí hasta ese momento, en un mundo insospechado por mí. Existía gente que era muy real, como Israel, capaz de herir a alguien que sólo quería amarlo. Existía gente perversa en el mundo que era capaz de meterse a una casa y robarle todo lo que había guardado de una vida de esfuerzo. No era un Hitler o un tirano de un país extraño, en las noticias o en un libro de historia, sino personas que vivían y convivían conmigo en este terrible planeta.

Comprendí el miedo de la verdadera soledad, que ya conocía pero que siempre evadía con tanta distracción. Comprendí que mis sueños de tener una vida normal eran vanos y vacíos, como esas paredes desnudas. Comprendí que mi madre había tratado de darme amor suficiente para que cuando enfrentara momentos como ése, supiera que además de la maldad también había generosidad y amor incondicional y ternura y alegría que perdura adentro de ti, a pesar de que el momento grato haya pasado.

Comprendí que en la larga historia del universo yo no era nadie especial. No era una princesa potencial, no era intocable ni gloriosa, ni con una misión otorgada en mi nacimiento por un Dios a quien no conocía ni siquiera por nombre. No era yo la cronista de mi generación, como soñé alguna vez que sería, cuando me di cuenta de que mi memoria era distinta. Ni era un ser divino que accidentalmente había caído en la Tierra. Yo era una mujer, común y corriente, sin nadie que me protegiera. Había nacido a la fortuna y había dedicado mi existencia a tirar a la basura, por debilidad, desidia o vanidad, todos los talentos y regalos que me habían sido otorgados.

Pensé en los libros de autoayuda que nunca había comprado y que tal vez debí haberme aprendido de memoria porque acaso alguno habría tenido instrucciones de qué hacer en un caso así, pero enseguida decidí que las teorías sobre el sufrimiento y cómo repararlo me servirían de muy poco en ese momento. Yo estaba allí y no tenía la menor idea de cómo lograría sobreponerme.

Recuerdo haber visto algo tirado en el piso. Al acercarme descubrí un par de fólderes con papeles del departamento, del banco y recibos de teléfono y luz pagados. Como si alguien me dijera: "Mira, para que puedas vender tu departamento sin dificultades". En otra esquina vi que estaba el correo que el conserje había pasado por debajo de la puerta. Miraba los catálogos de MANGO y de Home Depot, y las revistas *Vogue* e *Interview* tendidas en el piso, recién llegadas. Recuerdo haberlos recogido y tomado en mis brazos como uno toma a un niño pequeño, y empezar a llorar de nuevo. No es que yo hubiera vivido una vida basada en la adquisición, pero desde bastante chica me había gustado tener cosas bonitas, me gustaba ir a las tiendas, en la duermevela fantasear con comprarme tal o cual suéter que había visto en un catálogo o en una tienda, el libro de arte que había ojeado en la librería, la lámpara que iría perfecto en tal esquina de mi cuarto, el disco nuevo, tal película del Criterion Collection de Truffaut, alguna nueva de Woody o de los hermanos Cohen.

De pronto, no sé cómo, sentí que salía del agua momentáneamente, que volvía a respirar, tomé mi celular y marqué el 040. Le pedí a una señorita con voz amable que me comunicara por favor con mi aseguradora. Al momento de contarle a un señor lo sucedido, de pronto sentí que me llenaba de una fuerza impresionante y decidí que no lloraría más. Lo tomé en ese momento como un trámite más de los muchos que había realizado ante la burocracia mexicana a lo largo de los últimos años, como sacar una licencia de manejo o pagar la luz.

Cuando colgué, tuve un impulso, quise hablarle y contarle lo que me estaba sucediendo para ver si algo en él no se movía, aunque fuera por compasión, a verme, a ayudarme. Le marqué al celular a Israel y como no contestaba, le volví a marcar varias veces, pero nunca contestó. Me llenó de enojo, de frustración y de una tristeza irreparable.

Cuando dejé de insistir, me di cuenta de que ése era el único número de teléfono que tenía de él y empecé a sentir un gran temor. Generalmente él me hablaba a mi casa desde su oficina o desde su casa, y yo no tenía un maldito identificador de llamadas. No sabía dónde vivía, ni dónde exactamente quedaba su oficina. Sólo sabía que su casa estaba en la calle de Atlixco en la colonia Condesa, y ésa es una calle muy larga. Empecé a pensar que no sabía en realidad quién era Israel. Sentí remordimiento y temor. Terror. Había sido una estúpida. Todo y el amor que a lo largo de los últimos meses había sido mi única preocupación. Empecé a temblar. Quería golpearme a mí misma, hacerme daño físico para no tener que sentir el dolor moral. Me costaba trabajo respirar bien y reconocí que si no hacía algo para pararlo, podría sucederme algo. Quería hacerle *rewind* al tiempo. Regresar a la noche del Camino Real, estar acostada junto a Israel, confiar otra vez en el prójimo, en los seres humanos, ser inocente, ser feliz, platicar, nadar bajo el sol. Que no existiera mi lado de Polanco, que nos hubiéramos quedado viviendo él y yo para siempre en ese cuarto de hotel. Después de sentarme nuevamente durante algunos minutos para tranquilizarme, en el piso de la sala, ya sin mi alfombra persa favorita, llamé desde mi celular a la policía. Me dijeron que fuera de inmediato a la delegación y que ellos llegarían unas horas después con los peritos. Le contesté a la voz de la estación de policía que tenía que esperar a que llegaran los agentes de la aseguradora de mi coche y los cuadros de mi padre. No sé por qué sentía la necesidad de contarle a alguien, alguien que me escuchara, preferiblemente con compasión. Esperé una media hora sentada allí, sin saber qué hacer. Cuando llegaron los agentes de la aseguradora, inspeccionaron la casa, me pidieron que llenara y firmara algunos papeles, y me acompañaron a la delegación a levantar el acta. En la delegación me entrevistó un policía con cara de cansancio y de hastío, que intentó ser lo más cortés posible. La delegación se sentía como un hospital. Más bien, como una sala de urgencias de un hospital público. Poco higiénica y nada amistosa. Después de mí, entró una mujer con la cara golpeada y cortada. No quise voltear a verla con detenimiento.

El policía me hizo llenar una forma con mi nombre, dirección y un cuadro minúsculo para explicar lo sucedido. En la parte inferior de la hoja, había otro cuadro donde debía enlistar todos los objetos robados. Esa lista hubiera sido interminable, así que los agentes de la aseguradora me aconsejaron que declarara únicamente los objetos de mayor valor, al igual que los cuadros, para poder incluir ese documento en el reporte que debían entregar. Me acompañaron de regreso a mi casa y me aconsejaron que le hablara a algún familiar o alguna amiga para irme a dormir con ellos. El proceso seguiría al día siguiente y me hablarían por teléfono para hacer la cita.

"Tenemos investigadores muy eficientes. Se hará todo lo posible por recuperar los cuadros", el señor Jiménez me aseguraba mientras se dirigía hacia la puerta, ansioso por regresar lo antes posible a su casa llena de cosas y colores.

Regresé al departamento y pensé en hablarle a alguien, pero al mirar mi lista de contactos en el celular, me di cuenta de que en realidad no tenía a nadie a quien hablarle. En mi vida no existía ese alguien a quien le puedes llamar a cualquier hora del día o de la noche cuando necesitas ayuda. Empaqué algunas cosas del botiquín del baño en una bolsa negra de basura, incluyendo la crema de afeitar de Israel, algunas de sus cremas hidratantes para la cara y su cepillo de dientes rosa, del cual me burlaba mucho. Lo molestaba siempre porque me parecía que era más vanidoso que cualquier mujer que yo conocía. El baño era el único lugar que no habían tocado los ladrones. Tocaron el timbre, sentí miedo y después esperanza. Pensé que tal vez Israel habría ido a buscarme arrepentido. Contesté por el intercom y me anunciaron que eran los detectives peritos que venían a tomar fotos. Entraron al departamento y a los cinco minutos ya estaban fuera. No tomaron huellas digitales, sólo algunas fotos de las paredes vacías y del piso. Nunca entendí para qué. Cuando se marcharon, me subí al coche y me dirigí a un hotel nuevo en el centro. El centro es un lugar al que se va como de vacaciones, no forma parte de la vida real, es un lugar con un espíritu muy distinto al resto de la ciudad y por eso escogí ese hotel. Rápidamente me asignaron una habitación. Cuando la señorita de la recepción me miró, extrañada de que una mujer llegara sola a esas horas, sin equipaje y con una bolsa negra de basura, me sentí obligada a darle una explicación.

"Lo siento mucho", dijo ella con compasión.

Ya en mi cuarto, me aventé en la cama y prendí la televisión para no pensar. No me di cuenta de cuándo me quedé dormida.

De China enviaron a mi padre a Arabia Saudita, y debido a que las leyes no permiten a los jóvenes extranjeros residir en el país, por la mala influencia que pudieran ejercer sobre los jóvenes saudíes, me enviaron a estudiar el último año de prepa lejos del hogar. Mis hermanos mayores estaban ya estudiando la universidad en México, "para no perder las raíces", decía mi padre, pero a mí me enviaron a un internado en Inglaterra. Era un colegio muy exclusivo, católico, de puras mujeres, cerca de Londres, en el suburbio de Kingston upon Thames, donde terminaría el bachillerato internacional.

A pesar de las historias de terror que se escuchan sobre los internados en Inglaterra, sobre todo los de monjas, debo decir que yo la pasé extremadamente bien ese último año de prepa. Para mí fue como una piyamada eterna y fue la primera vez, desde Odveig, que sentí que tenía amigas verdaderas. Actué en una obra de teatro y descubrí a Shakespeare. Leíamos en voz alta a los poetas malditos y nos maravillábamos. Comí miles de chocolates, pescado *frito y papas con vinagre y sal, canté canciones de The Cu-re, los Smiths, los Ramones y las Violent Femmes, con mi walkman siempre bien puesto. Mis nuevas hermanitas, al igual que yo, habían vivido en muchos países distintos y llevaban una vida familiar igual de irregular, por lo que sin sufrir de hipertimesia entendían muy bien el concepto de aprovechar al máximo cada momento para que así todo fuera importante y memorable.*

En las caballerizas, con mi amiga Shoshanna, apren-dí a fumar.

Los fines de semana, sobre todo al principio, íbamos a Londres y nos subíamos al turibús, visitábamos los museos, vimos el cambio de guardia en el palacio de Buckingham, sufrimos de escalofríos adentro de la torre de Londres, donde escuchamos historias sobre la decapitación de más de una damisela, nos reímos en el museo de cera de Ma-dame Tussauds, pasamos horas en Harrods, la tienda más grande del mundo, donde decían que podías comprar hasta un elefante africano, y nos burlábamos ante los discursos de la gente en la esquina de Hyde Park, donde cualquiera con una idea, buena voz y un banco, se puede convertir en orador público.

En el colegio, mis clases preferidas eran historia y psicología. Mi maestra de psicología era una mujer de unos treinta y cinco años, muy comprometida con nosotras. Ella organizaba visitas a escuelas cercanas con preprimarias donde sus alumnas podíamos llevar a cabo nuestros ejerci-cios y hacer tests psicológicos para entender mejor a Piaget y otros teóricos. Recuerdo uno de los experimentos, en el que les preguntábamos a niños de cinco años si ellos tenían hermanos, a lo cual casi todos decían que sí, pero después, al preguntarles si sus hermanos tenían hermanos, ellos respondían que no. Es la etapa egocéntrica del desarrollo, donde sólo uno existe. A veces siento que allí me quedé.

Esa maestra, miss Davenport, se convirtió en mi aliada y mi guía para indagar más sobre mi memoria. Me hizo varios exámenes e incluso me envió con una amiga suya neuróloga, para que estudiara mi caso. Quería asegurarse de que no se tratara de un tumor cerebral. Como todo estaba en orden, pasamos horas probando mi memoria, con almanaques y en la hemeroteca de Londres. Las respuestas a sus preguntas sobre el clima y acontecimientos históricos importantes eran correctas en noventa y nueve por ciento. Coincidimos las dos en que eso no era una coincidencia o memoria fotográfica. Había algo más. En ese momento no había un nombre para mi tipo de memoria. A pesar de la diferencia de edades y de que ella era mi maestra y jamás la llamé por su nombre de pila, miss Davenport fue una buena amiga.

Yo nunca les había confesado a mis padres nada sobre mis recuerdos tan vívidos. Sentía una gran vergüenza. Creía que si ya les parecía rara, aunque ellos preferían usar la palabra "singular" y "original", con eso me considerarían un fenómeno. Especialmente cuando mis cuatro hermanos eran tan funcionales y normales.

En la escuela, cada cuatro meses organizaban un baile con los chicos de una escuela para hombrecitos bien peinados, llamado King's College. Allí conocí a Peter, con quien me vi sólo algunos fines de semana. Después de conocernos, me llevó una carta con unos chocolates y pronto se convirtió en mi primer novio. Era un chico tímido y muy dulce. Tenía mi misma estatura y grandes ojos azules. Podía haber sido mi primo hermano. Me escribía largas cartas de amor que me enviaba por correo, me regalaba muñecos de peluche, chocolates y me grababa casetes con "nuestras canciones". Me compró un boleto para ir con él al concierto de una banda nueva de Manchester llamada los Stone Roses. Para ir, me escapé de la escuela, gracias a la ayuda del guardia de seguridad de la entrada, a quien Peter chantajeó con unas hamburguesas de McDonalds. Lo recuerdo como una de las noches más mágicas de mi vida y mi primer concierto de rock. En medio del concierto Peter me besó, con más fuerza, con más confianza, supongo que aquel beso emergió tras lograr la gran hazaña de sacarme del colegio y llevarme a ver a mi banda favorita del momento. Me dijo "I love you" y yo le contesté "Well, thank you, I love you too". Éramos buenos los dos.

Nunca hicimos nada más que besarnos y tomarnos de la mano.

A veces pienso que el sexo debe hacerse con extraños, y las miradas, palabras y caricias dulces, con los que amamos.

Aunque creo que supieron que me había escapado con mi novio al concierto, las monjas nunca me dijeron nada. Las madres del Espíritu Santo eran la antítesis de las terroríficas maestras de los internados ingleses que aparecen siempre en las novelas del siglo XIX que estudiábamos nosotras para los exámenes del bachillerato internacional. Eran muy amorosas, nos respetaban mucho y nos consentían más que en nuestras casas. Además, cada marzo llevaban de viaje a algún lugar a todas las chicas de la escuela. A mí me tocó ir a Italia. Las fotos de ese viaje las guardo como tesoros.

Para llegar a Riad siempre hacíamos escala en Dubái. El aeropuerto allí es como un centro comercial de lujo, con todas las marcas más exclusivas y donde incluso vendían coches: Ferraris, Porsches, Lamborghinis. Allí, por primera vez, vi a "las mujeres de negro", como les decíamos mi hermanita Vane y yo a las mujeres cubiertas de pies a cabeza.

En la escuela estudiábamos religiones y el islam me había parecido fascinante. Con el islam se hacía evidente cómo la historia de la humanidad estaba entrelazada con la historia de las religiones.

Vane era más chiquita y ella sí había podido permanecer con mis padres en Arabia Saudita, iba junto con el pequeño Leo a una escuela especial para hijos de diplomáticos y trabajadores de las multinacionales, sobre todo de ingenieros petroleros.

El complejo residencial para extranjeros era como un suburbio gringo, con su club de golf, albercas y canchas de tenis. Las calles estaban perfectamente alineadas, con casas grandes y jardines por el frente y por detrás. Era como estar de nuevo en Los Ángeles. A Vane y a Leo les encantaba vivir allí, en un oasis de lujo y diversión para los niños extranjeros. Sentía yo un poco de envidia de su vida despreocupada, aunque la experiencia en el internado no la cambiaba por nada.

Durante las vacaciones de Pascua en las que viajé para pasar dos semanas con mi familia, una noche, nuestra *ama de llaves, a quien queríamos muchísimo porque nos había acompañado por el mundo, me confesó, mientras me preparaba un chocolate caliente en la cocina, que mi madre lloraba todos los días por tener a sus tres hijos mayores tan lejos.*

Recuerdo que en esas vacaciones me acerqué mucho a mi madre y a mi hermanita. Descubrí en mi madre a una mujer muy moderna, chistosa y apasionada del arte y la literatura. Fue una gran sorpresa para mí porque de adolescente uno suele pensar en sus progenitores únicamente dentro del papel que llevan en la película de tu vida. O sea que únicamente son padres y nada más que eso para ti. Quisieras poder deslindarte de ellos lo más rápidamente posible porque te parece que sólo así llegarás a ser tú misma y llegarás a ser feliz. Es raro que veas a tus padres como individuos igual que tú y que de hecho al llegar a cierta edad los puedas conocer como se conoce a los amigos.

Regresé a la escuela y me sentí confundida sobre mi hogar y mi familia. Me despedí de Peter antes de que fuera el baile de graduación porque había decidido que no quería dramas en mi vida, sobre todo que no quería compartir esos últimos momentos con nadie más que con mis amigas. Hasta la fecha le agradezco el haber sido un gran primer novio, cariñoso y paciente. Sé que le dolió, pero entendió muy bien que no tenía sentido pensar en algo para el futuro. El otro día lo busqué en Google pero sólo encontré a otros dos Peter Merlow: un ortodoncista en Denver y un cantante canadiense de música folk.

Para la graduación, mis amigas y yo nos arreglamos muchísimo, nos pusimos vestidos largos de pastel y bailamos toda la noche festejando. Estábamos muy conscientes de que probablemente nunca nos volveríamos a ver. Tampoco había internet en ese entonces y no podíamos prometer escribirnos. La vida universitaria nos ocuparía mucho tiempo, había mucha gente por conocer, una vida nueva. El último día en la escuela, cuando me fui al aeropuerto después de despedirme de todas mis maestras, en particular de mi mentora, la miss Davenport, y de mis compañeras, miraba con los ojos llenos de lágrimas las calles de ese hermoso suburbio y lloré el resto del camino en el taxi. Lo veo en mi mente y vuelvo a llorar. Odio las despedidas y pensaba que no me gustaría volver a vivir una tan triste. Lo que no calculaba es que la vida es como un aeropuerto, está compuesta principalmente de llegadas y salidas.

6

Cuando me desperté en el cuarto de hotel, me sentí un poco mejor y decidí pasar algunos días allí, sin salir a ninguna parte, como si estuviera de vacaciones o en un centro de rehabilitación para corazones exhaustos. Sin duda el corazón alegórico es de los órganos que más se desgastan con el uso, y su cansancio se le contagia al resto del cuerpo.

Como no tenía más ropa que la que llevaba puesta, bajé al lobby del hotel y me compré una piyama, tres playeras, una mascada y unos jeans, en una boutique carísima para extranjeros, y regresé a mi cuarto para no volver a salir. Incluso recibí a los agentes de la aseguradora allí en mi cuarto. No quería mirar afuera. Me daba terror la idea de caminar por la calle o de manejar mi coche. Sólo miraba la televisión y de vez en cuando pedía algo de comer al *room service*. Hablaba a mi casa treinta veces al día, para escuchar mis mensajes, esperando escuchar la voz de Israel. Le marqué otras miles de veces a su celular. Hablaba desde mi celular y después del teléfono de mi cuarto de hotel. A veces sonaba y nadie contestaba, pero en general estaba apagado. A los dos días, un mensaje me advertía que el número ya no estaba asignado. Sólo entonces empecé a sospechar que tal vez él había tenido algo que ver con el robo.

En los días previos a ese momento, ni siquiera me había pasado esa idea por la cabeza. La despedida de Israel y lo sucedido en mi departamento parecían dos sucesos inconexos. Una terrorífica coincidencia. Es increíble el poder del enamoramiento y cómo provoca ceguera absoluta de todo lo lógico y real, la impaciencia por sentirte importante para el otro, y después por sentir que hay un testigo de tus días aunque hacía poco hubiera sido un perfecto extraño.

Nadie me advirtió jamás de todo el peligro real, no sólo emocional, al que la ceguera amorosa te pueda llevar. Por eso hay mujeres casadas con dictadores, violadores, asesinos y pederastas que juran nunca haber visto ni presentido nada extraño o fuera de lugar. Bola de locas. Como yo.

Sin embargo el concepto, recién nacido en mi mente, de haber vivido una relación basada en un engaño absoluto y con un sólo propósito, hizo que lo que antes parecía un rechazo a mi persona se tornara en una Traición Humana, y eso me ayudó a sentirme mejor. Mi nuevo papel, de la víctima de un crimen —tan complejo y perverso—, me llenó de energía y me planteó una nueva misión. Si había sido su víctima en un crimen, no sería su víctima en el amor. Me recuperaría con una velocidad y una fuerza inusitadas, me convertiría en la heroína de toda mujer abandonada por un hombre.

Así, mi misión sería la venganza, y mi venganza sería la supervivencia, seguida por la normalidad y luego el éxito total de una vida feliz. Me había vuelto humana, una mujer cualquiera, normal, cursi y tonta. Me encantó saberlo.

Empecé a albergar deseos de trabajar otra vez, de hacer cosas normales, de descubrirme en otros mundos y encontrarme dentro de ellos siendo como todos los demás, de ser madre como había sido madre la mía, de ser súper exitosa en ser muy feliz. Empezaron también las fantasías de lograr que atraparan a Israel, de meterlo a la cárcel, y eso me dio mucha fuerza. La rabia es un estimulante de primera.

Me desperté al día siguiente, desayuné muchísimo, escribí listas de las cosas que tenía que hacer y esa misma tarde fui al café al que íbamos Israel y yo con frecuencia. Nadie lo conocía, nadie lo había visto por allí, ni antes, ni después. Recordé el hecho de que Israel pagaba siempre todo con efectivo. No dejaba nunca huella alguna de su paso. Sólo había dejado huellas en mi cuerpo y en mi cabeza pero ésas las borraría a como diera lugar.

Después de algunos días en los que mi sospecha sobre su verdadera identidad creció, decidí hablarle a una conocida del periódico que se había ido a trabajar al IFE y le conté lo que me había sucedido. En una ocasión había visto asomada una credencial del IFE en su cartera y en otra ocasión él me había dicho que había nacido en Mazatlán. No sé por qué, pero intuía que ese hecho, esa parte de su historia, sí era verdad.

Sabía que lo que le pedía a mi amiga era ilegal, pero me dijo que intentaría ayudarme y lo hizo, como lo hace alguien que te sabe desesperada. Pidió un favor a alguien que se lo debía, y ese alguien se metió en el registro federal de electores y lo buscó. Al día siguiente, ella me habló por teléfono al celular y me confirmó lo que sospechaba: mi Israel no existía.

Al graduarme de la escuela, ya no regresé a Riad sino a México. Mi padre había pedido su regreso a la secretaría para que pudiéramos estar todos juntos, en familia, nuevamente. Mis hermanos menores entraron al colegio americano en México y yo hice exámenes para entrar a la universidad. Regresé a vivir a la casa de Montes Urales que ocupábamos cuando vivimos en México en mi infancia. Fui aceptada en la Universidad Nacional para estudiar relaciones internacionales. Lo que más recuerdo de esa casa era mi habitación, llena de pósters de cantantes ingleses y de películas de Fellini, tal como los tenía en mi cuarto en el internado. Supongo que así lo había dispuesto para sentir que no todo en mi vida había cambiado. Fue extraño volver a vivir en familia, con las reglas y la convivencia cotidiana con mis hermanos.

Recuerdo algunas noches en las que fui a fiestas con mis amigos de la facultad, donde sólo se escuchaba a bandas de rock mexicanas, españolas y argentinas. Para mí, escuchar música en mi idioma natal era muy extraño. Me parecía chistoso porque el rock que había escuchado siempre era sólo en inglés, y el muy malo en francés.

También iba con mis hermanos mayores y mis primos, incluyendo a Juliana, con la que me volví íntima otra vez, a un club que se llamaba el LUCC, donde conocí al saxofonista de una banda popular de rock mexicano, quien me persiguió de una manera a la que yo no estaba acostumbrada, y cuando por fin una noche lo besé, él perdió todo interés. Lo que le encantaba era la persecución. Supongo que hay hombres así: cazadores sin hambre.

Una noche, la primera vez que me emborraché en mi vida (y en la que no vomité), me subí al escenario de una discoteca-karaoke que se llamaba el Cantabar y canté "Persiana americana" de la banda argentina Soda Stereo. La gente del público cantó conmigo y sentí por un segundo lo que Bono o Bowie o Bieber sienten frente a millones cuando dan un concierto. Conocí muchos lugares con nombres chistosos: el Rockstock, el Hijo del Cuervo, el Tutti-Frutti, el Magic, el News, el Danzoo, el Danceterías, pero casi siempre, salvo por algunas noches excepcionales, después de esas salidas de reventón y fiestas, me despertaba sintiendo un gran vacío. Era un tipo de diversión extraña, forzada y a veces artificial en que la única meta de casi todos era emborracharse. A mí no me gustaba el sabor ni el mareo que me provocaba el alcohol, por lo que mi trabajo era ser chofer de niñitos ebrios. Sentía que la gente ligaba por ligar. Ahora me queda claro que no era ni la gente, ni los lugares, ni la música, ni que se quisieran emborrachar lo que me terminaba disgustando tanto, porque muchas veces me gustaba mucho la música que ponían, *el problema era yo y la hipertimesia. Por alguna razón sufría las noches de reventón en antros porque los desvelos me empezaron a provocar confusión y pesadillas. Prefería entonces mantenerme a salvo en mi cuarto, recordando Londres a través de la música y mis libros.*

Descubrí a Simon y Garfunkel:

I have my books
And my poetry to protect me;
I am shielded in my armor,
Hiding in my room, safe within my womb.
I touch no one and no one touches me.
I am a rock,
I am an island.

Mis padres, preocupados por mi hermetismo, me enviaron a ver al doctor Fastovich, un renombrado psiquiatra y psicoanalista. El doctor empezó a indagar más sobre lo que se había estudiado acerca de las memorias prodigiosas como la mía. Empezó a hacer pruebas para determinar si podría o no ser autista, y aunque a veces yo tengo dudas al respecto, el doctor dijo que no lo era. Me habló del caso de una mujer que como yo recordaba todo lo pertinente a su propia vida, y que un investigador americano lo había llamado "memoria autobiográfica". El doctor me ayudó, por primera vez, a entender que todos somos distintos y que mi condición, aunque extraña, no era ni una enfermedad mental ni una forma de locura, sino algo que me hacía especial, de una manera positiva. Me habló de su esposa, quien progresivamente perdía la memoria. Me dijo, con su voz amable, que yo era una chica muy afortunada, y que me pusiera a estudiar, que el mundo era de los estudiosos, no de los reventados.

Terminé la universidad con promedio de 9.8. Tanto esfuerzo me llevó a pasar los últimos dos años de la carrera casi sin vida social, obviamente sin novio y a ganarme una beca completa del Conacyt para estudiar una maestría en Berkeley. Sólo me veía con Juliana para comer y a veces ella se quedaba a dormir en mi casa o yo en la suya para ver películas románticas, comer helado y pastel de helado, reírnos de tonterías y platicar hasta el amanecer de cómo queríamos que fuera nuestro futuro. Jugábamos a hacer listas, en las que determinábamos el top ten de absoluta- mente todo; por ejemplo, el top ten de cosas que habíamos perdido en la vida, porque con cada cosa había una historia chistosa que contar. Las recuerdo todas.

A veces nos íbamos a su casa en Valle de Bravo con mis primos y sus amigos, y ésa para mí fue la mayor y mejor convivencia social con gente de mi edad durante esos años de universidad. Todo cambiaba cuando estábamos en un pueblito. Entre todos cocinábamos, nadábamos y nos divertíamos con juegos de mesa. En la noche poníamos música y bailábamos en el jardín.

Si no estaba estudiando, estaba en algún museo mi- rando una exposición o en algún aula de la universidad escuchando una conferencia interesantísima. Estaba ávida de conocimiento. El doctor Fastovich me había abierto los ojos a una promesa, de la cual podría llegar otro tipo de fe- licidad muy distinta a aquella de la que me hablaban mis abuelas. La academia sería mi camino a la libertad. La academia me llevaría a seguir viajando y a conocer gente fascinante. De cualquier forma, los hombres que más me gustaban eran siempre los guapos profesores de lentes y sacos de pana, aunque ahora confieso tener una debilidad por los chicos de pelo largo que tocan los sintetizadores.

Aunque pueda dar la impresión de que yo era una mini intelectual, cuando me titulé de la carrera a los veintiún años, de regalo de cumpleaños y de graduación mis padres me ofrecieron un viaje a donde yo quisiera. Elegí Disneylandia y desayuné una vez más en el hotel Disney con la Bella Durmiente. Lo más triste es que sentí la misma emoción que a los seis, aunque eso no se lo confesé jamás a nadie. Creo que he sido una ingenua ilustrada toda mi vida. Muchas mujeres a los veintiuno ya están casadas o tienen hijos, o por lo menos ya han adquirido algunas de las grandes responsabilidades de la vida de adulto, mientras que yo visitaba Disneylandia en un viaje todo pagado por mis progenitores.

7

Otra historia real que le encantaba relatar a mi padre era sobre lo sucedido en el invierno de 1952 en Londres. Cuando quería platicárselo a alguien nuevo, siempre empezaba de esta forma:

¿Y usted sabe de dónde proviene la palabra esmog?

Durante toda una semana, un humo espeso compuesto de neblina, contaminación de las fábricas y de las chimeneas en las casas invadió completamente las calles de la capital inglesa. El humo llegó incluso hasta los interiores de las casas, de los hospitales, de las escuelas y los teatros, infiltrándose por las ventanas, las coladeras y los huecos entre las puertas. Murieron miles de personas de infecciones respiratorias, y eso hizo que por fin las autoridades empezaran a tomar precauciones para evitar que la contaminación siguiera aumentando. Prohibieron las chimeneas y forzaron la salida de todas las fábricas afuera del denominado "cinturón verde", que desde ese momento rodeó la ciudad británica.

Cuando mi padre nos describía esa escena, todos nos quedábamos paralizados imaginándonos lo que habría sido el estar allí, cegados completamente por la neblina espesa.

Cuando supe con certeza que Israel no existía, vino a mi mente esa historia y en especial cómo las autoridades inglesas habían revertido los daños. Yo también tomé la decisión de deshacerme de toda la neblina que existía en mi vida, rodearme de un cinturón de campo verde y mirar por siempre jamás un cielo prístino como en el *El Ángelus* de Millet, aunque me tardara el resto de mi vida en lograrlo. No volvería a pensar en Israel. No lloraría por él y no lloraría por lo que me había hecho, porque uno no llora durante días por una farsa mentirosa, por una película que ves en el cine, aunque sea tristísima.

Le hablé a Amaranta, una chica de diecinueve años que iba a mi casa una vez por semana para hacer la limpieza. Cuando iba, me sentía particularmente bien porque comíamos juntas y me platicaba de su vida, de su familia y de su novio.

Al despertarme ese día me había dado cuenta de que ella, seguramente, habría ido al departamento a hacer la limpieza porque hasta entonces no le había contado sobre lo que había ocurrido. Me imagino que la impresión que recibió al entrar y verlo vacío ha de haber sido algo muy fuerte. Su patrona la había abandonado. Me disculpé con ella y le pedí que fuera una vez más para hacer una limpieza a profundidad del departamento vacío. Quedamos de vernos en un café cercano al departamento para que le pagara. Cuando nos vimos me abrazó muy fuerte y se puso a llorar.

—Ay, madrina, lo siento mucho.

—Ama, no llores. Está bien. Estoy muy bien —Amaranta dejó de llorar.

Platicamos un rato y le pregunté por su familia. La familia de Ama ha estado relacionada con la mía desde hace dos generaciones. Hacía cuatro años ella me había pedido que fuera su madrina de primera comunión y acepté gustosa, aunque le tuve que explicar que yo no era católica y como no profesaba su misma religión, no podía prometer ayudarla con ese aspecto de su vida, o sea ser una guía en su vida espiritual. La ceremonia estuvo muy bonita y ella se veía preciosa con un vestido blanco que fuimos a comprar juntas y una diadema hecha de flores blancas en el pelo. Fue en un lugar cerca de su casa, cerca de la salida a Cuernavaca, en una iglesia construida en un jardín. En mi encierro autoimpuesto, estar cerca de ella me ayudó un poco a darme cuenta de que no tenía la menor idea de cómo vivían los demás seres en el mundo, incluso los que pertenecían a mi universo.

Decidí que como mi departamento era un lugar donde ya no me sentiría segura, prefería no volver a vivir allí y ni siquiera se me antojaba volver a entrar. Amaranta me dijo que no me preocupara, que ella dejaría el departamento en perfecto estado. Esa misma tarde le pedí al conserje del hotel el número de Century 21 y rápidamente puse el departamento en manos de una corredora de bienes raíces para que se vendiera lo antes posible. Al día siguiente le entregué las llaves para que lo visitara e hiciera un avalúo, firmé el contrato y le di mi número de celular para que me llamara cuando hubiera algún comprador potencial con una buena oferta.

Regresé a la oficina del doctor Fastovich y me reintegré esa misma noche a la terapia de grupo con todos mis viejos amigos y algunos nuevos elementos. No me tocó hablar en esa primera sesión, pero cuando al final fui a tomarme un café con mi amiga Tania, pianista y compañera del grupo, ella insistió en que me fuera a cuidar su casa mientras ella estuviera fuera de la ciudad. Ella se iría por varios meses en un gira de conciertos alrededor de Europa. Estaba encantada con la idea de que yo me fuera a su casa y de inmediato canceló el plan de llevar a su perro a Tepoztlán con su madre. Estaba feliz y repetía mil veces que no podía haber sucedido todo en mejor momento. No supe bien a qué se refería hasta tiempo después, cuando descubrí que su madre había aceptado llevarse al perro a regañadientes porque lo alucinaba y que el perro en realidad era una pesadilla.

Unos días después me mudé con mis pocas pertenencias al departamento de Tania en la colonia Condesa y el primer día en mi nueva casa pasé horas caminando por el departamento sin saber bien qué hacer. Como si fuera un gato reconociendo mi nuevo territorio. Me encontré una cajetilla de Gauloises en su cuarto, mi nuevo cuarto, y decidí volver a fumar.

Me lo tomé muy en serio y para el segundo día ya me había acabado los cigarros franceses, luego empecé a fumar una cajetilla de Camel al día. Los cigarros me hacían sentir joven y mareada todo el tiempo. Son una droga poderosísima.

El único momento en que no fumaba era cuando estaba en la recámara, mientras veía una y otra vez las películas de Tania. Su colección no era realmente interesante, casi todos los DVD eran grabaciones de sus conciertos y algunas películas musicales de los años cincuenta que encontré escondidas debajo de su cama mientras hacía la limpieza algunas semanas después de haber llegado. Fue como encontrar un tesoro escondido y conocer una parte muy distinta de mi amiga, siempre tan exquisita. Supongo que para ella, como pianista, amante de la música clásica, los musicales eran como para otros son las películas pornográficas, un placer pecaminoso. No la juzgo porque creo que todos tenemos el derecho al mal gusto de vez en cuando y también a sentirnos avergonzados por ello y a intentar mantenerlo en secreto. Mis placeres pecaminosos los acepto sin tanta pena: los *reality shows* —sobre todo ésos donde transforman a mujeres que la han pasado mal en su vida y las hacen ver más jóvenes, guapas y seguras—, también las baladas de bandas dizque metaleras de los años ochenta y un placer que creo que es universal: el helado de *cookies and cream* de Häagen-Dazs.

Me gustan esos *reality shows* porque nos hacen creer que toda mujer tiene el potencial de ser bonita. Si eso fuera cierto, sería algo fantástico. Si todas las mujeres fuéramos bonitas, tal vez así los hombres se empezarían a fijar en otro tipo de cosas en las mujeres. Los piropos en la calle serían geniales. Los hombres gritarían: "¡Culta!", "¡Simpática!", "¡Emprendedora!", y ante tales halagos nosotras sí nos detendríamos para contestarles los piropos con palabras amables como: "¡Honesto!" y "¡Sensato!". El mundo sería un lugar muy distinto. Mucho más lindo, creo yo.

Una noche, después de ver un maratón de películas de Esther Williams (la nadadora estadounidense que, me parece, inventó el nado sincronizado, ahora un extraño deporte olímpico), tuve el segundo sueño milagroso.

Me quedé dormida viendo la tele. Soñaba que estaba en la playa. Era una playa limpia, de arena muy blanca, sin piedras. Yo siempre que escucho la palabra "playa", pienso de inmediato en las playas inglesas que descubrí en la adolescencia, no en las del Cancún, ni en las de Los Ángeles, o en las de Hawái, sino en las de Brighton Beach, rocosas, grises y aburridas. Esta playa de mi sueño no era una playa inglesa, sino caribeña, cubana tal vez, y con un mar turquesa, luminoso, como la promesa del primer día de vacaciones. En mi sueño me daba cuenta de que hacía mucho tiempo que no estaba en una playa, que mis piernas lechosas pedían a gritos besos de sol. Me tiraba en una hamaca colgada entre dos palmeras y sentía claramente los rayos en la piel. Llevaba puesto un bikini anaranjado como el traje de baño de mi madre cuando murió. Escuchaba una voz masculina que me decía:

—Todo tiene un principio y un fin, y ése nos lleva nuevamente a otro principio.

Yo le preguntaba al cielo:

—¿Fidel?

Y la voz respondía molesta:

—No. ¡Falsa sionista! ¡Por supuesto que no soy Fidel! ¡Cuba no es el paraíso!

En ese momento comprendí que la voz le pertenecía a mi abuelo materno, papi León, como le decíamos sus nietos. Unos segundos después, él aparecía frente a mí, muy contento y juguetón. Llevaba puesta una playera amarilla, unos shorts enormes con flores estilo hawaiano y cargaba con un maletín que recuerdo haber visto antes en su casa, cuando era niña. Era de plástico rojo y decía: "VANI tours". La cara y los brazos del abuelo también estaban muy rojos por el sol. Me saludó con la mano, colocó el maletín enfrente de mí y se metió al agua a nadar y a jugar con las olas. "Estoy feliz", parecía que me gritaba, y me daba mucho gusto verlo allí, tan contento.

—Me saludas a mamá. Mándale todo mi amor —le grité yo.

—Díselo tú misma.

En ese momento volteaba, y mi madre me saludaba del otro lado de la playa. Ella llevaba puestos lentes oscuros y se veía muy juvenil, acostada en una silla, con playera de rayas rojas y blancas. Me hacía señas como diciéndome "ven", pero yo no me atrevía a acercarme. Sentía vergüenza, porque ella estaba muerta y así veía todo, estaba al tanto de todas las estupideces que había hecho en tiempos recientes. Ella sabía entonces que por mi culpa se habían perdido los cuadros que tanto amaba.

Escuché su voz como si me susurrara al oído.

—Todo va a estar muy bien.

En ese momento me desperté. Después del shock de haber "visto" a mi madre con tanta claridad, me empecé a sentir más tranquila e incluso reconfortada. Pensé que tal vez debía irme de viaje a alguna parte lejos del DF, a la playa, pero también me empezó a dar mucho miedo moverme en cualquier dirección.

En esos días, mientras me acostumbraba a mi nuevo departamento, pensaba mucho en un famoso programa de radio de la BBC que se titula *Desert Island Discs*. El programa consiste en hacerles a los invitados una sola pregunta: Si te mudaras mañana a una isla desierta, donde vivirás hasta el fin de tus días, y sólo pudieras llevar contigo un disco, un libro, un objeto personal, una bebida y un platillo, ¿qué cosas elegirías? A lo largo del programa, el invitado responde y explica sus respuestas, y se toca la música del disco que la persona eligió. Me parece entonces que las cosas que elegirías para llevarte a la isla desierta son realmente las cosas que amas, pero también que soportarás lo suficiente como para que sean las únicas en tu vida, para siempre, porque si no, sería mejor no llevar nada en absoluto y únicamente contar con tu imaginación.

Pensaba en esa pregunta porque al quedarme sin nada, me había dado cuenta de lo poco que se necesita para vivir. El entender eso resulta liberador, aunque al principio es un poco terrorífico.

Si fuera yo ahora la invitada del programa, hablaría de esta habitación minimalista en la que me he convertido. Cargo en mi mente con todo lo que amo, y por ende, casi todo lo que necesito.

A los veintiún años, con una beca completa y viviendo en una residencia de estudiantes dentro del campus de la universidad, conocí en una fiesta a un guapo profesor de la escuela de ciencias biológicas, doce años mayor que yo. Se me acercó con gran seguridad y lo primero que me dijo fue que él y yo habíamos estado juntos en otra reunión en casa de Bill, su amigo inglés, algunas semanas atrás. Le dije que me confundía con alguien más, pero él insistió, y citaba partes de nuestra supuesta conversación, que aunque para mí era imposible creer, me pareció una manera muy original y divertida de intentar ligarse a alguien, y le seguí el juego, escuchando mis supuestos argumentos a favor de que Philip Roth recibiera el premio Nobel de literatura. Me reí mucho aunque después le expliqué que conmigo no podía funcionar el truco porque no bebía, pero sobre todo por mi memoria infalible, y eso le pareció fascinante. Al día siguiente me llamó para invitarme a tomar café, con el pretexto de preguntarme más sobre mi memoria. Él fue el primero en hablarme de hipertimesia o síndrome hipermnésico.

Aunque en ese momento me encantó cómo nos cono-cimos, muchos años después vi una película francesa de los años sesenta que se llama El año pasado en Marienbad, *donde un hombre intenta hacer exactamente lo mismo con una chica y lo logra, igual que lo logró Dennis conmigo. Cuando vi la película, me decepcioné mucho de mi segundo novio, que a pesar de ser un perfecto imbécil, con el paso del tiempo llegué a considerar que por lo menos había sido alguien original. Ahora no pienso nada bueno de él.*

Algunas citas después, Dennis me preguntó si yo era feliz, y cuando le dije que por supuesto que lo era, se me quedó mirando un largo rato, asombrado de mi gran osa-día. Vivíamos en un mundo lleno de seres depresivos e inertes físicamente, y supongo que yo aparecía como una ráfaga de viento fresco y a la vez como un gran reto. Estaba fresquecita, ávida de conocer ideas y personas que se parecieran un poco más a mí. Creo que al mirarme de esa forma, intentaba descifrar la causa de mi felicidad para después quitármela. Si me lo hubiera preguntado, yo se lo hubiera dicho con gusto, mi felicidad se debía a la ignorancia de todo lo real.

Después de tres meses de conocernos, nos fuimos a vivir juntos a una casa que él alquilaba cerca del campus. Dennis era excepcionalmente guapo, pero lo que tenía de guapo también lo tenía de neurótico y aburrido, a pesar de su sadismo. Además era muy infiel. O sea que yo no era la única mujer en el campus con pésimo gusto. No sé si eso me reconforta tanto. Él aprovechaba todas las oportunidades que se presentaban, o sea cada vez que me equivocaba en algo, para decirme que yo no tenía ningún valor. Que mi supuesto don de la memoria era una falla en mi cerebro. Llegó a decirme alguna vez que debía estar agradecida con él por haberme elegido para ser su novia, porque nadie más lo hubiera hecho con una "freak de la naturaleza" como yo. A veces dejaba a la vista notas, a nombre suyo y de su supuesta esposa, de los moteles a los que había ido con otras mujeres. Me torturaba así con su infidelidad. Pero como era mi primer novio real, yo no sabía cómo manejarlo. Estaba caminando en la oscuridad.

Cuando después de doce meses de convivencia cuasi matrimonial, decidí que Dennis no me amaba nada, porque el amor no era equivalente al deseo de arrancarle la felicidad al otro de manera permanente, me fui de la casa. Si lo hubiera amado más que a mí misma, tal vez él hubiera logrado su cometido (de convertirme en una amargada), pero mi ego siempre ha sido más fuerte que todo. Al principio lloraba mucho por sus insultos y traiciones, no era una chica insensible, pero después empecé a gozar imaginándome todas las cosas horribles que le podrían suceder a él. La mejor venganza, sin embargo, fue la real, cuando al marcharme de su casa, con el taxi esperándome afuera y con las maletas en la mano, me le acerqué simulando que deseaba despedirme de él con un último y dulce beso. Pero en vez de besarlo, le susurré en el oído que había perdido la única oportunidad de su vida de ser feliz mientras que yo estaba apenas empezando. Fue mi salida triunfal.

Conocí a alguien a tan sólo dos semanas de vivir sola otra vez. Ese novio fue muy distinto a Dennis. Sven era un chico suavecito, melancólico y un poco alcohólico, que vivía en el dormitorio junto al mío. Un pequeño sueco con ojos transparentes. Terminé con él algunas semanas después de empezar a dormir juntos. Le dije que el amor de una mujer no podría competir jamás con su amor por el vodka. Confieso que me quedé afuera de su puerta durante algunos minutos, sonriendo orgullosa. Creo que después de Dennis, deseaba vengarme de todos los hombres, aunque tal vez lo que conseguía la mayoría de las veces era lastimarme a mí misma. Algunos de mis pretendientes eran muy buenas personas, algunos listos y algunos no tanto, pero después de Dennis yo desconfiaba de todos.

Terminé el doctorado en relaciones internacionales con una tesis aburridísima y salí premiada como la mejor de mi generación. Aunque no estudiaba tanto, tenía mi insuperable memoria aunada al don de la organización, casi rayando en comportamiento obsesivo-compulsivo, que ahora sé que va de la mano con la hipertimesia. Entregaba todos mis trabajos a tiempo y siempre estaba dispuesta a quedarme leyendo en vez de salir a divertirme. Les encantaba a los profesores el hecho de que lograba repetir casi verbatim sus palabras, citándolos en los exámenes. Allí aprendí que los piropos de la manera que sean te llevarán muy lejos. Me ofrecieron varios empleos y un postdoctorado, pero me dio mucha flojera aceptarlos y tener que pasar más tiempo en Berkeley. Esos tres años y medio en California no fueron realmente memorables, aunque claro que en el sentido más estricto para mí todos lo son.

A veces el tiempo pasa así. A veces, incluso, una vida entera puede pasar así, durmiendo, aunque hagas y logres muchas cosas. Creo que la noche más significativa de toda esa era fue cuando mi asesor de tesis me invitó a cenar una noche a su casa con su familia. Él vivía afuera del campus, en una pequeña casa llena de plantas. Su esposa, una mujer mayor que él, muy dulce, y sus dos hijas de mi edad me trataron como si fuera parte de la familia. A cada uno de los platillos que me sirvieron, le ponían flores con texturas, colores y sabores muy distintos. Nos tomamos fotos, me llevaron a su biblioteca a ver los libros antiguos de tratados de derecho internacional y cuadros que allí guardaban, y recuerdo el sentimiento de haber encontrado por fin el tipo de vida y de familia que a mí me gustaría tener algún día.

Cuando terminé el doctorado, fui a visitar a mis padres, que vivían entonces en Australia, y pasé algunos meses sin hacer gran cosa más que pasearme y ser consentida en casa, como niña nuevamente. Mis padres me dijeron que estaban orgullosos de mí. Nunca antes me lo habían dicho y sentí que mi lugar en la familia era ése: ser la hija que logra mucho en lo académico pero de la cual no pueden decir nada más. Mi madre me preguntaba por mis amigos y novios. Como no tenía mucho que contarle, me dijo que era importantísimo lograr una vida equilibrada. Hablamos de lo que significaba casarse y tener hijos, y sin emitir ningún juicio me confesó que ella, cuando abría alguna de mis cartas, siempre estaba esperando las palabras: "Mamá, conocí a alguien especial". Sentí tristeza por ella. No sentí nada por mí. A pesar del tiempo que había transcurrido, Dennis mantenía mi corazón helado.

Visité Melbourne, las pequeñas playas de Sydney y recorrí todo Perth en bicicleta. Vi las montañas azules, fui *a ver el lugar donde habían filmado* Skippy *el canguro, un programa de los sesenta que pasaban a veces en la tele todavía, y aprendí a hacer windsurf y a bucear. En Sydney salí una vez con un biólogo marino muy guapo que conocí en la playa. Resultó que los dos hacíamos tai-chi. Recuerdo que él tenía el olor a algas marinas pegado a la piel y en su aliento. Cuando como sushi, a veces me vienen a la mente sus besos.*

Platicaba mucho con mi madre y acompañaba a veces a mi padre a los eventos que tenía con otros diplomáticos.

Mi padre, sin que yo lo supiera, me inscribió en un servicio de dating para chicas judías australianas. Cuando me empezaron a hablar por teléfono de la nada varios hombres al día, con ese acento chistoso de los australianos, sentí una gran vergüenza, y allí empecé a pensar, equivocadamente, que tal vez ya no era bienvenida en la casa paterna. Veía a mis padres y sentía que lo que querían era deshacerse de mí lo más rápido posible y la única manera que habían encontrado era casándome con un cocodrilo dundee con yarmulke.

Aunque Australia me agradaba mucho por ser un lugar relajado, en el que no se esperaba que fuera brillante ni perfecta, también tuve la sensación de estar lejos de todo, como en un desierto feliz, pero al mismo tiempo pensaba constantemente que de alguna forma u otra me estaba perdiendo de la vida misma. Entonces decidí regresar a México.

8

En la misma mañana del sueño en la playa, recibí la
llamada de Lloyd. Mi amigo Lloyd Sanders-Sánchez
es un *dealer* de arte anglo-mexicano, mucho muy gay,
que lleva doce años viviendo en México y la misma
cantidad de años en terapia de grupo intentando
"curarse" de su homosexualidad, como a él le gusta
asegurarles a todas las mujeres que conoce. Ya nos
cansamos de decirle que es gay y que eso no se le
va a quitar, como a mí no se me va a quitar la hipertimesia ni a Pablo lo pelirrojo, pero no nos hace
caso. Se llama Lloyd porque sus padres admiraban
mucho la precisión del Lloyds Bank. Cuando estaba
en el supermercado y recibí la llamada en el celular,
pensé que hablaba para invitarme a ser su date en
la inauguración de alguna exposición a la que yo no
querría ir. En lugar de eso, me habló en una voz muy
quedita y me dijo: "Babe, no te asustes, soy yo. Supe,
no me preguntes cómo, pero lo supe de fuentes muy
fidedignas, que tu Tamayo está en venta en el mercado negro. No han logrado sacarlo del país, ¿no es

increíble? Te llamo más tarde pero no te preocupes, creo que lograremos recuperarlo".

Lo que me cae bien de Lloyd es que ama el arte como si fuera lo más emocionante del mundo y te transmite ese entusiasmo siempre que estás con él. Sin embargo, para Lloyd las obras de arte no son cuestión de sensibilidad o apreciación. Son objetos valiosos que pueden intercambiarse por algo que a él le proporciona mucho placer: *money*, *money* y más *money*. En realidad le hace honor a su nombre y su trabajo lo hace muy bien. Tiene muy buen gusto, pero sobre todo me complace su exquisitez mezclada con una emoción casi perversa por el valor de las obras y los chismes que acompañan ese mundillo. A mí me gusta el arte porque una gran obra siempre pasa por un proceso de decaimiento y con el paso del tiempo vuelve a ser considerada hermosa, como el valor de la vida misma cuando nos olvidamos del hecho de que algún día moriremos.

De todos los cuadros, el que más me había dolido perder fue el Tamayo, por ser, como mencioné antes, el favorito de mi madre, y con la sola idea de poder recuperarlo, me puse feliz, un sentimiento desconocido desde el drama de mi departamento.

Mientras esperaba su llamada, llena de expectación, pensé en la primera conversación que tuve con Israel. Pensé que tal vez allí estaría la clave del misterio. Fui rápidamente a una librería que quedaba a unas cuadras de mi nuevo departamento y compré el libro de Paul Auster. Tenía miedo de abrirlo, de descubrir alguna verdad más terrorífica que las que ya había descubierto.

"Ese libro habla de algo que me sucedió a mí", resonaba la frase en mi cabeza.

Cuando llegué a la casa, prendí un cigarro y me puse a leer, en busca de una pista.

El libro empieza así, con una frase que nunca olvidaré: "Tanto en invierno, como en verano, la luna ateniense es siempre más hermosa que la espartana".

He pensado mucho en esa frase porque, objetivamente, la luna es siempre la misma, sin importar desde dónde sea observada. Pero al mismo tiempo, si miras la luna cuando estás enamorada o feliz, no es igual a cuando estás triste. La luna refleja tus emociones. Yo he visto muchas lunas desde muchos lugares distintos y sí puedo afirmar que ha habido lunas memorables en mi vida y que también ha habido miles de noches en que se me ha olvidado por completo que allí está. Lunas felices, lunas melancólicas, lunas agradecidas y lunas ignoradas.

Lo que pienso ahora tiene también mucho que ver con el cuadro de Tamayo de la mujer que contempla la luna, porque después de leer esa frase empecé a imaginarme que la mujer del cuadro en realidad era mi madre en Hawái mirando la luna por última vez. No entendía cómo nunca había visto eso. Mi madre era la mujer del cuadro, la primera mujer que conocí y probablemente la única que conoceré que tenga esa misma mirada eternamente juguetona e inteligente, contemplando la luna, alegre y asombrada, sabiendo tal vez, con su instinto feroz, que no volvería a contemplarla más. Pasé el resto del día leyendo la novela detenidamente sin encontrar cómo podría relacionarse esa historia con lo que Israel estaba planeando hacer conmigo desde un principio, tampoco cómo podría ayudarme eso a encontrarlo y recuperar aunque fuera mi dignidad. Tomé notas del libro como si estuviera estudiándolo hasta que me di cuenta de que ésa era una labor inútil. Tal vez Israel sólo lo habría dicho como una manera de acercarse a mí. Tal vez él tenía todo planeado desde antes de acercarse a mí. Tal vez llevaba semanas o meses siguiéndome. Tal vez alguien de su "banda" había entrado a mi departamento por cualquier razón, como para entregar el supermercado, un pedido de pizza a domicilio, o para reparar algo, y él había dado aviso de que en mi departamento había muchos cuadros que parecían valiosos. Todo era inútil. Israel era mucho más inteligente que yo, con códigos secretos y con una maldad sabia.

El libro de Auster trata sobre un hombre, Edward Owen, que de pronto, y sin razón aparente, sufre de una amnesia total mientras duerme y a la mañana siguiente sale de su casa, sin rumbo, a deambular por las calles de Nueva York. Después de varias aventuras en las que conoce a una serie de personajes inverosímiles, decide acudir a un detective privado para que lo ayude a encontrar su identidad. El personaje principal decide buscar su lugar y el lugar de Estados Unidos en la historia, y allí inicia, con la ayuda del detective, una investigación filosófica-literaria.

Si hubiera leído el libro antes, tal vez me habría sentido muy identificada con él, pero en vez de eso, me dio coraje que Israel se atreviera a tener pretensiones de intelectual cuando era tan sólo un criminal cualquiera, y decidí que la Ana que estuvo con Israel y la Ana que estaba leyendo ese libro ya no nos pareceríamos en nada. Yo me estaba convirtiendo en una mujer práctica, poco sentimental. Leería únicamente libros de historia, no más ficción, y viviría en un mundo tangible. Encontraría a un hombre bueno, decente, trabajador y aburrido, y con él tendría unos hijitos bien peinados, aburridísimos y sensatos. Yo me volvería una artista famosa, y tal vez me vengaría así de lo que me había hecho. A través de mi arte haría público mi coraje y lo denunciaría ante el mundo entero. Mi nuevo lema sería a partir de entonces: no más libros fantásticos y con finales felices; viviría en el hiperrealismo. Así sería mi arte. Tal vez me inventaría escritora de novela negra. Después del ejercicio con Fastovich de reescribir mi historia, había descubierto que me gustaba realmente, que no me importaba pasar varias horas frente a mi computadora buscando la palabra exacta y que había heredado de mis padres un gusto por narrar historias. Mucho más que escribir como lo había hecho durante tanto tiempo sobre las historias y las visiones de otros.

Como a las ocho de la noche me habló Lloyd, ya desde su casa, y me dijo:

—La cosa está así, babe, pero tienes que pedir ayuda…

Me contó que "alguien" le había platicado del Tamayo perdido, que era intocable, claro, para las galerías y los museos, pero que muchos coleccionistas eran tan ambiciosos que no ponían mucha atención en el hecho de que un cuadro hubiera sido adquirido por sus vendedores de manera ilícita. Me contó de los robos de cuadros famosísimos que nunca habían sido recuperados y que seguramente habían sido vendidos a coleccionistas privados, como el de 1990, cuando se robaron trece cuadros de Rembrandt, Degas y Manet del museo Gardner en Boston. Me contó de un Tamayo que había sido robado, que luego una enfermera lo rescató de un basurero en Manhattan y después descubrió su enorme valor.

Me explicó que sólo un profesional podría ayudarme a hacer la transacción de forma segura porque de otro modo los ladrones me reconocerían, por supuesto. Cuando le pregunté sobre lo que significaba "la transacción", me explicó que lo tendría que comprar. Me dio un nombre y un número de teléfono. Me dijo que ésa sería la última vez que tocaríamos el tema. Que él "nunca pero nunca" reconocería que me había proporcionado esa información.

—Yo te ayudaría. Lo sabes, ¿no? Pero pongo en riesgo mi carrera, y tú no quieres eso, ¿verdad? Cuando me cure, tú y yo nos vamos a casar, ¿y de qué viviremos si esto es lo único que yo sé hacer y tú eres una preciosa inútil? ¿Crees que aceptaría vivir de tu papi? No, mi amor, eso no lo acepto por nada del mundo. Ciao, ciao, besitos.

Colgué con Lloyd. Estaba sonriendo y temblando al mismo tiempo. Miré el papel. El nombre y el número no me decían nada, y a pesar de sentir unas ganas terribles de marcarlo, sabía que no podía hacerlo yo. Aunque escuchara la voz nada más y colgara, podría ponerme en riesgo o mínimo que me encontraran cuando se registrara, en un identificador, el número de teléfono de mi amiga Tania. Entendí rápidamente que si no podía hablar de la casa, mucho menos podría hablar desde mi celular. Y si el que contestaba era Israel, yo era capaz de hacer o decir alguna tontería y arruinarlo todo.

Tarde o temprano la gente se da a conocer verdaderamente. Habiendo leído tantas novelas policíacas, sabía que no existe ningún criminal que no cometa errores. Muchos se confían tanto después de haber logrado su cometido que por soberbia llegan a delatarse sin querer, queriendo. El mundo es muy pequeño, solía recordarnos siempre mi madre. Todo se sabe. Mi nueva misión era encontrar y hundir a Israel, y si no lo lograba, podría por lo menos tener ese cuadro hermoso en mi nuevo hogar, fuera cual fuera ese lugar. Recordé la historia del capo tijuanense, buscadísimo tanto por la DEA como por las autoridades mexicanas, que asistió a la copa del mundo de futbol en Corea. Ataviado de fanático de la escuadra mexicana, con playera verde, sombrero de charro y bigotes, se fue contentísimo al partido de México contra Corea para echarle porras a su equipo. Un camarógrafo mexicano lo vio como personaje simpático e hizo un acercamiento con su cámara. El partido estaba siendo transmitido por Televisa en vivo y en directo en México a las cuatro de la mañana. En ese momento, en un departamento en la Peralvillo, otro aficionado prendía su televisor. Cuando apareció el gordito con sombrero de charro y bigotes de Zapata, el televidente, que era ni más ni menos que un agente judicial, de los buenos, brincó de felicidad al verlo. Hizo un par de llamadas y en veinte minutos varios agentes de la Interpol estaban en el estadio arrestando al antes inatrapable capo.

Busqué en la cocina y encontré el directorio amarillo. Un profesional. Bajo la A de Agencias había por lo menos diez números. Vi un nombre que me agradó, al igual que su anuncio, porque decía: "Absoluta confidencialidad, todo tipo de casos: fraude, infidelidad, robos. Cuarenta años de experiencia". Eran las nueve de la noche y tal vez en ese tipo de agencia todavía estaban abiertas las puertas. Tal vez, como en las películas o las novelas de detectives, el dueño vivía y trabajaba en el mismo lugar.

Sonó tres veces y una voz de mujer joven contestó.

—Bueno.

—Sí, disculpe, buenas noches. ¿A dónde hablo?

—¿A dónde quiere hablar?

—A la agencia de detectives NANA.

—Agencia de investigación. Es aquí. ¿Qué puedo hacer por usted?

—Sí, señorita, mire, creo que voy a requerir de sus servicios.

Regresé a México de Australia a vivir sola en un departamento en Polanco que encontré por una gran casualidad. Era un departamento en la calle de Schiller que estaba en venta en ese momento a un precio absurdamente barato. Le pedí el dinero prestado a mi padre y lo compré rápidamente. La suerte estaba en que la familia de Dominique, un excéntrico pintor francés y amigo recién fallecido de mi padre, había decidido venderlo. Dominique pasaba algunas semanas al año en el DF y había muerto, dos meses antes de mi regreso, en Bordeaux durante una visita guiada a un viñedo. Sus hijos estaban vendiendo el departamento a ese precio porque ninguno de ellos pensaba visitar México como lo hacía su padre, ya que consideraban al país como un gigantesco rancho, lleno de bandoleros.

Cuando llegué a México, de inmediato me sentí en casa. Decidí que si pertenecía a algún lugar en el mundo, debía ser aquel donde yo había sido concebida. Aquel sitio donde nueve meses antes de mi llegada había existido una gran concentración de amor y anhelo de mi existencia.

Sería como darle una segunda oportunidad al lugar con el que había soñado tantas veces de niña, cuando escuchaba la palabra "hogar".

Confieso que jamás se me ocurrió ir a Israel, que tal vez por mi condición habría sido un refugio ideal como lo había sido para muchos jóvenes judíos de mi generación.

Todos mis hermanos habían optado por países distintos. Después de la universidad y las maestrías y algunos doctorados, habían regresado al DF a intentar establecerse aquí, pero a los pocos meses desistían y se marchaban otra vez. Mi prima Juliana se había ido a estudiar a Londres y sabía de ella porque a veces nos escribíamos y porque se veía seguido con mi hermano menor, que también vivía allí. Ya nadie de mi familia se acoplaba a México, pero algo de mi país natal me llamaba a mí.

Decidí también, mediante no sé qué proceso de razonamiento, que no quería trabajar en nada que tuviera que ver con mi carrera. Supongo que después de tantos años de estudio, estaba ya harta de la precisión y el rigor de la academia. La investigación me parecía tediosa y la idea de la docencia en una universidad, una verdadera pesadilla. Mi timidez era extrema cuando se trataba de hablar en público y me imaginaba poniéndome morada cada vez que tuviera que hablar frente a mis alumnos. No quería tampoco entrar al servicio exterior. Sentía indigestión de tantos viajes, tantas casas distintas, tantos husos horarios. En ese momento lo que más quería era permanecer en un mismo lugar por siempre. Un primo, que era doctor, pero que tenía una columna sobre cuestiones de salud en un diario llamado igual que una época importante de la *historia de México, me dijo que con los tres idiomas que dominaba tal vez podría hacer traducciones y me recomendó con el director. Empecé en un trabajo pesadísimo, de noche, haciendo traducciones de las notas que llegaban de las agencias de noticias. Con la gente nueva que conocía nunca quería hablar de mi pasado porque sentí que de alguna forma eso me haría aislarme otra vez de los mexicanos. Quería absolutamente ser lo contrario de lo que era o había sido, y no tener que dar explicaciones sobre mi vida de gitana de primera clase. Sin embargo, todos los días miraba mi álbum de fotos para transportarme y volver a estar con los amigos, en las ciudades y países de mi pasado, como tesoros que me pertenecían únicamente a mí. Eran imágenes que no me podrían quitar jamás aunque no las pudiera compartir con nadie más.*

Creo que acepté el trabajo porque me urgía tener alguna actividad como la que tenía la gente "normal", los amnésicos de todo el mundo, y porque necesitaba hacer amigos. No tenía idea de dónde encontrar a las pocas medio amistades de la carrera, con las que de cualquier forma nunca había sentido una gran afinidad, aunque algunos me caían muy bien porque eran muy inteligentes. En esa época, me aceptaban porque los podía ayudar con los trabajos de la escuela y por ser un bicho raro que contaba de repente anécdotas graciosas sobre los lugares en los que había vivido. Ahora que lo pienso, la que no se aceptaba mucho era yo, ellos siempre fueron muy amables y hasta cariñosos conmigo.

En el periódico, los del turno de la noche nos conocíamos y todos nos tratábamos bien porque éramos pocos, a comparación de los del turno matutino, y sentíamos que sólo entre nosotros podíamos entendernos en nuestra condición vampiresca. Era un universo aparte y eso nos hacía de cierta forma cómplices.

Rápidamente me hice muy amiga de Ricardo, un chavo que trabajaba en la sección de espectáculos. Me atraía mucho su franqueza y la forma tan simple que tenía de ver las cosas. En mis noches libres lo acompañaba a los eventos que cubría. Con Ricardo no había romance alguno, nos caíamos muy bien y nos hacíamos reír. De su parte, más bien creo que le gustaba estar conmigo porque era casado y yo lo mantenía alejado de las tentaciones, sobre todo de una de las secretarias, que le encantaba. Me decía Pepe Grillo. Un día, cuando estábamos en la oficina, le dio un dolor de cabeza terrible, me pidió de favor que lo ayudara a escribir una nota para que él pudiera irse a su casa a dormir. Me quedó muy bien la nota y él estaba agradecido. Al poco tiempo una reportera de su sección renunció y gracias a él entré como reportera de espectáculos. Me divertía mi trabajo y creo que lo hacía con entusiasmo porque el show business, aun el local, me parecía algo tan lejano a mi vida que resultaba un alivio. Era como llegar de turista a un país nuevo que se iba descubriendo poco a poco, con su historia, política, personajes clave y fiestas nacionales. Me especialicé en hacer reseñas de películas y en entrevistar a actores y directores. Siendo amante del cine, me encantaba ir a las premieres y a las funciones de prensa. Me parecía una vida simple, segura y divertida.

En una cena con compañeros de la sección cultural del periódico conocí a un joven escritor llamado Damián.

De hecho, descubrimos después que ya nos conocíamos. Yo había asistido a los cuatro años a una de sus fiestas de cumpleaños. Damián había sido compañero de clases de mi hermano mayor en el colegio americano. Aun antes de saber que habíamos compartido un momento de nuestra infancia, descubrí que muchas cosas de él me parecían familiares. También lo sentía tan triste y falto de afecto como yo, y eso me fue irresistible. Cuando me empezó a llamar por teléfono para platicar y después para invitarme a salir, pensé que él era la persona que yo estaba esperando. Tuvimos un breve affaire *de unas cuantas semanas y cuando repentinamente me dejó de buscar por razones que aún desconozco (no le gustaba tanto, no me entendió, se aburrió, empezó a salir con alguien más que realmente le gustó, etc., etc., etc.), yo le empecé a mandar cartas por e-mail (algunas lindas, algunas enojada, otras de rogona). Nunca contestó ninguna. Evidentemente, no le interesé para más que un par de salidas, pero él se convirtió en un capricho mío. Lloraba por las noches y decía que nunca más podría volver a amar. Reconozco ahora que no fue amor lo que sentí por él, porque su felicidad nunca me interesó gran cosa.*

Seguí con mi trabajo en el periódico, me llegaron más responsabilidades y de pronto me tocaba viajar también para cubrir algún evento de cine importante. Uno de los mejores recuerdos fue el viaje al festival de Cannes, otro que hice a una premier en Hollywood de una película de un director mexicano que no nombraré porque fue muy mala, y a una fiesta en Los Cabos donde entrevisté a uno de mis directores preferidos: Paul Thomas Anderson.

Entrevisté también a Leonardo DiCaprio y a Tom Hanks, y me gustó ver el brillo que ambos tenían en los ojos. Estaban muy vivos a diferencia de muchos otros en el medio, que parecían más bien autómatas. A veces me llamaban para hacer entrevistas por teléfono en francés o en inglés, para ayudar a algún reportero monolingüe en apuros. Para mis hermanos era un trabajo chistoso, casi envidiable porque sus trabajos eran serios y estresantes. Cuando hablábamos por teléfono o chateábamos, siempre les tenía anécdotas chistosas sobre la farándula. Sin embargo, creo que estaba yo jugando un rol que no era exactamente el propio, me estaba probando un guardarropa en un clóset extraño, y eso era divertido pero, conociéndome bien, sabía que era otro cuarto de un hogar del que me tendría que despedir tarde o temprano.

9

Al colgar con la señorita de la agencia NANA, de inmediato sonó mi celular. Mi padre hablaba con voz alegre. Más alegre de lo que lo había escuchado en años.

—Te he estado buscando pero nunca te encuentro. Te tengo noticias —me dijo emocionado.

Había conocido a una mujer y habían decidido casarse. La ceremonia se llevaría a cabo en un par de meses. Quería que yo asistiera a la boda en Washington, al igual que mis hermanos, mis cuñadas y todos mis sobrinos. Me di cuenta de cuán alejada estaba de mi familia. Ni siquiera le había hablado a él ni a mis hermanos para contarles todo lo que me había sucedido. Sin embargo, no tuve ganas de decirle nada por temor a arruinar ese momento. Decidí que al día siguiente le escribiría una carta larga, a mano, y se la enviaría por correo. Esas noticias merecían una carta escrita a mano. La alegría es contagiosa y aunque la noticia me tomó por sorpresa, supe que mi reacción sólo podría ser de felicidad. Me sorprendió mi falta de celos y amargura. Creo que dentro de mí, les deseaba a todos amor, porque las cosas que desea uno para sí mismo son las que se les debe desear a los demás.

—Cuéntame de ella —le pedí, y me platicó emocionado que era una mujer mayor, una viuda, una mujer buena, inteligente, de carácter franco. Era británica y de apellido Rosencrantz, como el personaje de *Hamlet*.

—Me gusta muchísimo, nos entendemos muy bien y la pasamos muy bien juntos.

Me reí. Mi padre para mí, a pesar de mi edad, seguía siendo mi padre, no un hombre enamoradizo y romántico a quien le gustaban las mujeres y la "pasaba bien".

—Me alegro muchísimo —le dije con la voz de niñita que me salía a veces cuando hablaba con él—. En verdad me alegro por ti. Mándame todos los detalles por e-mail para reservar mi boleto de avión de una vez.

Me preguntó que si yo estaba bien. Me preguntó si había conocido a alguien. Le dije que le escribiría una carta para ponerlo al corriente de todo.

Cuando colgué, me puse a meditar sobre las decisiones de los hombres de amar o de no amar. Mi padre hace muchos años decidió amar a mi madre y lo hizo hasta que ella murió. Por eso intuía que él no se quedaría solo por mucho tiempo. Después de una gran relación, en la que te acostumbras a dar amor a diario, es difícil quedarse solo. ¿Qué haces entonces con todo ese amor que tienes que dar, que crece entre más lo das? Siento que sería muy difícil vivir solo cuando muere alguien a quien amaste tanto. Mucho más, tal vez, que cuando sufriste en una relación. A mi padre, el vivir en el pasado, durmiendo con el recuerdo de mi madre, no le bastaba y tenía razón. Necesitaba algo en su presente para dejar de extrañar el pasado todos los días de su vida.

Pensé en las palabras de mi padre: "He decidido amarla". Yo creo que para las mujeres amar es algo instintivo, siempre estamos abiertas a esa posibilidad, y cuando se presenta, la aceptamos sin cuestionamientos y nos damos enteras, pero para los hombres, en su mayoría, amar, realmente amar a alguien, es una cuestión de decidirse.

En la vida de las mujeres existe por eso la eterna espera de que llegue un hombre ya decidido a amar. Es una situación que nos hace vulnerables siempre. Incluso físicamente, en el amor somos mucho más vulnerables que ellos. Ellos son la parte activa, los que penetran, los que llaman después o no, los que deciden si llevan la relación a otro nivel. Claro, las mujeres tenemos el poder de la seducción, la inteligencia suficiente para saber cómo convertirnos en algo necesario, de dar el cuerpo o no darlo, de decir que no, pero a fin de cuentas el hombre es el que decide si abre la puerta, o no lo hace, a una relación seria. Todo esto, cuando lo descubrimos de jóvenes, nos hace siempre estar vigilantes, listas para enfrentar la vida con ojos limpios de lagañas y yo digo que por eso lloramos tanto.

Leí en un libro de biopsicología, que habla mucho de los roles de género, que muchas veces no son aprendidos, sino innatos, que a diferencia de las mujeres, quienes aprendemos a distraernos, a ser y estar en la soledad, los hombres no soportan mirar la vida pasar sin compañía. Difícilmente pueden estar sin nuestro apoyo maternal y solidario, sin nuestras caricias femeninas, sin poder entrar en un cuerpo ajeno. Son cazadores y arrieros. Son del zoológico humano los más vulnerables a la depresión causada por la soledad, porque les entristece el hecho de estar solos cuando se saben maravillosos. Son perros callejeros buscando un dueño. Como Israel, hay caninos rabiosos que buscan morder para deshacerse de su enfermedad, pero también hay otros como mis hermanos y mi padre, que después de haber vagado por las calles de tantos cielos diferentes, tantas lunas diferentes, lo único que buscan es entrar cada noche por la puerta de un hogar cálido.

Muy poca gente tiene la oportunidad de conocer verdaderamente a sus progenitores. Yo estaba viendo vivir a mi padre como si fuera un hombre joven, enamorado y decidido a empezar una vida nueva al lado de una mujer. Eso me provocaba una sonrisa, aunque debo confesar que también un poco de nostalgia por el pasado.

Después, cuando he tenido la sensación de que al ser feliz por mi padre estoy traicionando el recuerdo de mi madre, pienso en mi sueño en la playa.

Todo tiene un principio y un fin que lleva nuevamente a otro principio.

Por alguna razón pensé en cuando era niña en Nueva York y presencié sin querer una de esas escenas que sólo se ven en esa ciudad. Iba caminando por la calle, al salir de la escuela, y vi de repente a un hombre corriendo desnudo tras una mujer que marchaba rápidamente con un abrigo de piel y una pequeña maleta. El hombre la perseguía gritando: "Please don't do it, please" (Por favor no lo hagas, por favor no). La mujer ni siquiera lo volteaba a ver, y aunque podría haber parecido que el hombre era un loco que perseguía a una mujer que ni siquiera conocía, al ver a la mujer tan tranquila y segura, entendí, aun siendo una niña, que eran o habían sido una pareja. Se acercó otro hombre, un negro enorme, para proteger a la mujer del loco que gritaba hasta que ella logró alejarse. El hombre desnudo trataba de explicarse con el negro. "Es mi mujer y se está yendo, me está abandonando, ¿no lo entiendes?, es mi mujer", mientras forcejaba con el caballero de armadura negra, quien seguro se sentía un superhéroe. Al ver alejarse a su mujer en un taxi y sin tener la posibilidad ni las fuerzas para seguirla, se hincó, derrotado, en el piso y lloró cubriéndose el rostro con las dos manos.

A los treinta fui a Hawái a una reunión familiar. Llega-
ron mis hermanos Jacobo y Jerónimo de Canadá con sus
esposas y sus hijos; mi hermano menor, Leo, que estaba
en Londres con su novia ya haciendo el postdoctorado; mi
hermanita Vane, que vivía con su novio Diego el argen-
tino en Playa del Carmen, y mis padres, que vivían en
Japón. Al principio fueron días muy divertidos, llenos de
risas y de mucho amor. Descubrí que mis hermanos me
caían muy bien y tomamos la decisión de reunirnos así por
lo menos una vez al año. Conocí a mis sobrinos y ellos me
conocieron a mí. Uno de ellos me preguntó un día en la
playa, mientras construíamos un enorme castillo de arena,
si yo era niña o señora, a lo cual contesté: "Soy un poco
de las dos". Me gustó que me llamaran tía Ana, además
descubrí que me encantaba estar cerca de los niños y que
a los niños yo también les agradaba. Supongo que tenía
una energía adolescente que funcionaba bien con ellos, y
recuerdo haberme reído mucho. Platiqué mucho con mis
padres. Mi madre, siempre una gran conversadora, nos

mantuvo entretenidísimos con sus historias sobre la vida en Japón, de los lugares que había conocido, de las palabras que había aprendido en su clase de japonés y del curso de comida japonesa y de arreglos florales que estaba tomando con sus amigas, que eran, como siempre, las esposas de otros diplomáticos latinoamericanos. Estaba estudiando el budismo y el sintoísmo.

Cuando todo el mundo se iba a tomar una siesta antes de la cena, mi madre y yo aprovechábamos para sentarnos a ver la caída del sol y la llegada de la luna.

En nuestras largas conversaciones, ella me preguntaba sobre los detalles de mi vida y me hizo prometerle que haría todo lo posible por ser muy feliz. Me dijo que reconocía que nos habían dado una vida muy difícil a todos, con las mudanzas trasnacionales y tantos cambios que requerían de mucha madurez para la edad que habíamos tenido. Me dijo también que yo le preocupaba en especial porque no tenía pareja y que ella siempre había sentido que me exigía mucho a mí misma. Platicamos de mi memoria, pero ella no entendía bien lo que significaba la hipertimesia. Para ella, una nostálgica del pasado, mi memoria era una bendición.

—Disfruta más la vida, ábrete más. ¡Estás tan joven! Deja las cosas serias para los viejitos como nosotros. Tómate unas vacaciones del periódico y si puedes ven a pasar una temporada con nosotros. Sé que te gustará muchísimo Tokio y podríamos ir todos de vacaciones a Hanói. Me gustaría tenerte de nuevo en casa.

Recostaba mi cabeza sobre sus piernas y ella me hacía cariños como cuando era niña y adolescente cleptómana.

Una tarde, cuando las vacaciones llegaban casi a su fin, mi madre se quejó de un dolor en el pecho y en el brazo. No le pusimos mucha atención porque estábamos concentrados viendo una competencia de clavados de los niños en la alberca. Al final de la semana, mi madre estaba muerta en un hospital de Honolulú por un infarto fulminante que sufrió en la alberca del hotel mientras bebía una piña colada. Recuerdo todo como un sueño pesado que hubiese tenido hace mucho tiempo. Estábamos todos los hijos presentes en el cuarto de hospital cuando mi madre suspiró por última vez y su existencia fue reducida a una línea recta en una máquina, a un lado de su cama. En ese momento, sin previo aviso, mi cuerpo desistió, no quiso presenciar más esa escena ni tener que soportar el dolor de esa despedida. Caí al piso inconsciente.

En el periódico teníamos prohibida la palabra "tragedia" en nuestros textos. Nuestro editor decía que sólo ameritaba esa palabra: una obra del teatro griego que no fuera comedia, el genocidio, un desastre natural devastador, un accidente de grandes proporciones, la hambruna, las guerras mundiales y las plagas.

Creo que mi jefe tenía razón. Para mí, aun después de todo lo que he visto y vivido, sólo ha habido una tragedia real en mi vida, y ésa es la muerte de mi madre.

10

La cita era en las oficinas de NANA a las 10 a.m. Estaban adentro de un edificio inteligente en Interlomas, que siempre me ha parecido como un gigantesco set de película de Tim Burton. Interlomas me parece un concepto grotesco de vida higiénica y sin personalidad. Entiendo que para muchos ha de ser el paraíso de la civilización, de la civilidad, pero yo preferiré siempre una calle desordenada y viva en alguna loca metrópolis, porque no soporto ese orden falso con repetidos monumentos a la arquitectura estilo San Antonio (Texas). Cuando estaba en el periódico, a una compañera de espectáculos le hicieron un *baby shower* en la sala de usos múltiples del edificio del editor, en pleno Interlomas, y me pareció insólito que para entrar al estacionamiento del edificio tuvimos que mostrar todos una identificación porque si nuestro nombre no aparecía en la lista de invitados, no nos dejarían pasar. Era una cárcel perfectamente bien puesta para los yuppies modernos, huyendo del caótico, sucio, inseguro y tan vivo Distrito Federal.

En Interlomas si no tienes coche, no hay nada que hacer. Es un lugar sin banquetas.

Entré a la oficina de la agencia y la secretaria me hizo esperar un par de minutos en una sala con decoración minimalista de boutique de diseño condesina y muebles cafés retro, de piel con pies metálicos, no muy cómodos, por cierto. Eran las oficinas menos parecidas, en mi mente, a las de un detective privado.

Las referencias que yo tenía a detectives o investigadores privados provenían de las películas, de todos esos libros de Agatha Christie y Sherlock Holmes leídos en mi adolescencia, de las novelas de Paul Auster, como la que acababa de leer, en parte culpable de mi encuentro con Israel, y los libros de arte de Sophie Calle, la artista que descubrí en edad adulta, y ninguno se parecía remotamente a eso que estaba yo mirando.

Cuando por fin entré al despacho del "director", él estaba detrás de su escritorio dándome la espalda. Cuando se dio la vuelta, vi a un hombre de edad mediana, con el pelo castaño rociado por algunas canas y recogido en una pequeña cola de caballo. Tenía un torso delgado y bien bronceado, como si hubiera regresado de la playa hacía algunas horas, debajo de una camisa de lino blanca, bastante transparente. Detrás de su escritorio, sobre una pared blanca, había un retrato de una gurú. La imagen de la joven hindú con su punto rojo en la frente me recordó a un póster en el cuarto de una amiga salvadoreña en Los Ángeles, de un Cristo que te seguía con la mirada y que me parecía mágico y como de otro mundo. El detective me saludó con la mano izquierda y con la derecha me entregó su tarjeta al mismo tiempo. Yo respondí torpemente, tomando la tarjeta con la mano izquierda y saludándolo con la derecha, y me reí un poco de mí misma.

—Discúlpeme.

Después inclinó un poco la cabeza hacia mí y con las manos en pose de oración me dijo:

—Namasté —reconocí el saludo de los yoguis y de las chicas que te reciben en la entrada de mi restaurante tailandés favorito. Miré la tarjeta. Su nombre era Álvaro Dama. Me dijo que sus amigos le decían "Nostradamus". La explicación de su *nom de guerre* se vuelve aún más evidente cuando uno empieza a platicar con él. Nos sentamos en silencio y el detective me miró mientras se mecía un poco, iniciando el movimiento con la cabeza, como un pollo de plástico, con las manos entrelazadas sobre su delgadísimo torso.

—¿Sabe usted qué es el futuro?

—Pues sí —respondí tímidamente como si estuviera en un examen oral de la primaria.

—¿Y qué es? —pues, es lo que viene después de ahorita, de este instante. El presente dura tres segundos o algo así, ¿no? Todo lo que sigue es el futuro.

—¿Y usted sabe qué dirá el futuro lejano de este momento en la historia? Sin duda se burlará de nuestra ingenuidad. Acabo de leer en un libro de Baricco que dice que hace doscientos años se preveía que, con el nuevo ritmo de crecimiento en la población, en doscientos años los seres humanos acabaríamos sepultados en mierda de caballo.

Respiró hondo como si necesitara más aire para poder tolerar aquella idea o imagen. Luego siguió hablando.

—Creo que por eso está usted aquí, porque desea saber la verdad, y saber con certeza qué está pasando en su presente, para tomar las decisiones correctas que afectarán su futuro, en vez de intuir lo que está sucediendo cuando usted no está presente, cuando usted no mira. No quiere seguir imaginándose cosas, no quiere tener que predecir a ciegas lo que va a suceder. Por eso esta aquí, para recibir su destino con los ojos bien abiertos. ¿Me equivoco?

Aun al escribir esto parece que me lo imaginé todo. ¿Quién habla así? Supongo que solamente un detective privado a quien sus amigos le dicen Nostradamus.

—¿Es la secretaria?

—¿Cómo?

Me miró mientras asentía con la cabeza y a la vez mecía su cuerpo hacia delante y hacia atrás, lentamente. Al fin capté lo que me estaba tratando de decir y respondí:

—Ah, ya entendí. ¡No, no! Usted se refiere a que si estoy aquí por una historia de un triángulo amoroso. No, el mío no es un caso de infidelidad.

—¿Ah no? Todos son siempre casos de infidelidad, de empleados hacia sus jefes mientras les roban de las arcas, la infidelidad de una amiga que traiciona a otra y utiliza a su beneficio un secreto que le fue confiado, un hijo hacia sus padres al convertirse en drogadicto y ladrón. La infidelidad no sólo implica que su esposo se pase las tardes con una mujer que no sea usted, en puteros o en moteles.

Al decir esto, me miró detenidamente y con cara de circunspección concluyó:

—Ah, pero sí, lo veo, lo veo.

Decidí ponerlo a prueba:

—¿Me están engañando?

—Yo sólo sé lo que veo en su aura y lo que transmite con sus ojos. Siente mucho dolor. Ha sido traicionada.

Entendí su juego. Si cualquier mujer casada entrara allí con dudas, seguro la convencería de que algo terriblemente siniestro estaba sucediendo en su matrimonio, y acabaría contratándolo. Casi siempre hay secretos que descubrir de todo el mundo, aun de las personas que uno considera más cercanas y transparentes. En caso de que las sospechas creadas por Nostradamus no fueran ciertas y el sospechoso fuera en realidad un santo, la mujer le agradecería de cualquier forma por el servicio prestado. Esa mujer saldría de su oficina feliz y reconfortada. En el caso opuesto, el detective la reconfortaría en su dolor y ella le pagaría felizmente por sus servicios y su integridad. Era una situación en la que él siempre ganaba. Era un gran vendedor de noticias buenas y en general malas.

"Piensa mal y acertarás" dice el refrán mexicano que los judíos consideramos que nos pertenece. No supe qué contestar, pero entendí rápidamente y decidí no continuar por ese camino para no perder más tiempo. Le expliqué a Nostradamus, lo más sencillamente posible, el porqué de mi visita. Le conté de Israel, del robo de mi casa, de mi deseo de recuperar el Tamayo, del número de teléfono que tenía gracias a mi amigo sin nombre y de mi necesidad de que alguien me ayudara, a lo cual él respondió:

—Ajá, ya veo, ya veo.

Miró mis manos y el papelito que saqué de la bolsa con el número de teléfono de los vendedores de arte.

Se empezaba a mecer cada vez con más vehemencia, como si el movimiento lo ayudara a pensar con más velocidad.

—Sí, sí, muy bien, muy bien. Ajá. Entenderá que es un caso complicado, delicado y que debemos proceder con mucho cuidado. ¿Este ex novio, ya no la ha vuelto a contactar?

—No, no, para nada.

—Interesante. Ya ni siquiera desea fingir nada. Tiene asegurada la impunidad. Alguien lo protege. ¿Tiene usted alguna prueba en su contra?

—Nunca quiso conocer a mis amigos y no sé donde vive ni donde trabaja ¡De hecho ni siquiera sé cómo se llama! —dije, riéndome un poco de mi situación.

—Ujúm —se limpió la garganta, intentando decirme que me estaba pasando de la raya al reírme, que esto era serio.

—No, perdón, no tengo ninguna prueba, es tan sólo que todo fue tan raro y tan rápido, y pues mi intuición evidentemente me falló y ahora que ya funciona, me dice a gritos que él es el ladrón o, bueno, no él físicamente porque estaba conmigo cuando sucedió, pero que seguro él es el autor intelectual, digo, del crimen. Y sus amigos o socios fueron quienes hicieron el trabajo sucio.

—¿Tenía cara de ruso este novio suyo?

Me quedé en silencio un momento. Nunca lo había pensado pero tal vez sí, podría decirse que Israel tenía cara de ruso.

—Me contó un día, creo yo que en un descuido del cual se arrepintió después, que su madre era rusa, pero que ella murió cuando él era apenas un bebé. No hablaba mucho de su pasado. Pero bueno, tal vez esa historia era una gran mentira también.

—Ajá. Sí, lo veo, lo veo —y cerró los ojos durante segundos, meditando, deliberando qué decir, tal vez.

—Entonces su ruso seguramente estará involucrado con la mafia rusa en México. Siempre está involucrada en los robos de arte en el país. Me imagino que sus cuadros son de un gran valor.

—Sí, sí, supongo que lo son, pero sobre todo son importantes para mi familia, pero yo no podría asegurarle que Israel, digo, como se llame, estuviera involucrado con la mafia rusa. La verdad es que no se nada de él. Nada real.

—¿No?, pero sí es un hecho. Los que le robaron son de la mafia rusa.

—Pues no lo sé. Le digo, no sé nada. En realidad sólo me interesa recuperar una cosa. Lo que perdí de mayor valor fueron los cuadros y todos estaban asegurados, así que la parte económica ya está resuelta, aunque se tarden un rato en pagarme, lo que quiero es recuperar un cuadro de Tamayo que tiene especial valor para mí.

—Sí, sí, ya lo veo. Madres desaparecidas, pasados en común, rusos, ambos de la comunidad judía, ajá, sí. Sí, ya veo por dónde va esto. ¿Lo quiere mandar eliminar entonces? Porque aquí no hacemos ese tipo de trabajo pero la puedo recomendar con alguien…

Lo interrumpí.

—¡No, no! No lo quiero mandar matar, aunque sí me gustaría decirle de qué se va a morir, eso que ni qué —me reí otra vez. Todo esto era tan absurdo que empezaba casi a divertirme. Casi.

Pero Nostradamus no se estaba divirtiendo. Ni siquiera se asomaba un esbozo de sonrisa a sus labios. Entendí que él no sonreía jamás. Tal vez si yo hubiera pasado mis días viendo y escuchando lo que él escuchaba y veía, yo sonreiría tampoco.

—Conozco a alguien que tiene relación con los rusos aquí. Estoy seguro de que él la podrá ayudar. Soy un tipo chapado a la antigua, por lo que no tengo correo electrónico, así que le enviaré una nota.

Tomó dos hojas del cajón de su escritorio y apuntó algo en la primera. Usaba una bella pluma fuente color púrpura. Escribía como un doctor apuntando una receta médica.

—Vaya a este café en la colonia Roma y pregunte por Sancho. Es un cubano, muy amigo mío, que la podrá ayudar. Seguramente le parecerá extraño que en el bajo mundo los rusos y los cubanos sigan siendo amigos, pero es que aunque ya todo haya cambiado y los amigos y enemigos sean otros, allí la geopolítica se sigue rigiendo por el modelo bipolar. Entréguele esto para que sepa que, en efecto, sí va de mi parte y dele el teléfono que tiene apuntado allí, aunque seguramente no lo necesitará.

Cuando terminó de escribir, metió la nota en un sobre, lo selló con saliva y me lo entregó. El sobre decía, en perfecta caligrafía de monje del siglo XVII, "Para Sanchineto".

La primera hoja sólo decía: "Café Cubano Baradero, Puebla, colonia Roma".

Nostradamus dio la reunión por terminada y cuando se levantó de su escritorio, me di cuenta de que era un hombre altísimo. Sus piernas medían tres veces el tamaño de su torso. Su estatura era algo impresionante. Como si fuera un hombre con zancos.

—¿Cuánto le debo? —dije, esperando ilusamente que, como era tan sólo una breve consulta y no una investigación en forma, no me cobraría nada. Pero en el mundo de Nostradamus, al igual que fuera de él, todo tiene un precio, hasta el sobre en mi mano con esa carta para Sancho.

—Mi secretaria le indicará cuánto es.

Lo dijo como si el tema del dinero estuviera por debajo de él, un ser espiritual y reflexivo.

Cuando me acerqué para darle la mano, Nostradamus la tomó y por unos instantes me miró intensamente a los ojos. Tan fuerte era su mirada, que me sonrojé.

—Intuyo un nuevo mundo para usted. Un viaje en avión, otros en tren y en barco. Una gran paz. Una boda. Todo estará bien.

Mis hermanos, mi padre y yo regresamos a México con el cuerpo de mi madre, la enterramos con una ceremonia en el cementerio judío. Como sé que eso que está allí ya no es mi madre, no me nace mucho ir a visitar su tumba. Para eso sirve mucho mi condición. En cualquier momento la recuerdo y la revivo. También sé que ella, que viajó tanto y vivió a veces tan lejos, está más cerca que nunca de mí. Está en todas partes.

Creo que lloré sin parar durante un año, todas las noches, y a veces también durante el día. No entendía cómo alguien podía desaparecer. Ser y luego ya no ser. Alguien vital y bueno, con tanta vida que vivir.

Con la tristeza, con el luto, el recuerdo de mi madre a veces me invadía. La recordaba con todos los sentidos y para mí era una especie de locura. Mi madre estaba muerta, no quería revivirla y a la vez sí. La hipertimesia es una manera de vivir rodeada de fantasmas. Pero aun los fantasmas que se aman, te pueden atormentar.

Pensé en renunciar a mi trabajo y a mi vida en México e irme de regreso con mi padre a Tokio para acompañarlo, pero cuando se lo propuse, él me dijo que prefería estar solo un tiempo para poder procesarlo todo y dedicarse únicamente a trabajar. No me sentí rechazada. Mi padre y yo nos parecíamos mucho en ese sentido. La soledad nos reconforta en los peores momentos. Nos fortalece.

Yo intenté hacer lo mismo, pero de pronto, con el dolor y los recuerdos tan nítidos de mi madre que me nublaban la vista y las emociones, lo que escribía sobre el mundo de la farándula me empezó a parecer completamente banal y una gran pérdida de tiempo. Al show business lo veía ya como un sinsentido dentro de todo lo realmente importante que acontece en la vida de un ser humano. Sólo distrae. Ya no tenía ganas de escribir sobre "el evento social del año" o "la ruptura entre el actor fulano y la actriz zutana". Ya no tenía ganas de viajar para entrevistar a algún famoso con una película u otro disco nuevo; mucho menos me apetecía el reventón con mis colegas ni el tener que esforzarme por conocer gente nueva. Mi trabajo sufrió muchísimo. El sarcasmo se empezaba a notar en mis textos y mi editor se quejaba con frecuencia de mi trabajo y mi actitud. Me exigía cambios en mis notas, cosa que nunca había hecho antes. Si tenía que cubrir un evento social, pedía que se lo dieran a alguien más.

A pesar de todo esto, al principio, o sea durante medio año, mi editor fue exageradamente compasivo y comprensivo: acababa de morir mi madre y no estaba como para fiestas. Él había perdido a su madre dos años antes y se sentaba conmigo y me daba consejos sobre cómo sobrepasar *el dolor. Pero después de casi un año se empezó a enojar conmigo y en más de dos ocasiones nos gritamos mutuamente en su oficina. Quería que ya superara tanta tristeza. Ya no era funcional. Un par de semanas después de mi última pelea con él, empezaron a hacer cambios en el periódico. Uno de esos cambios fue el recortar personal.*

Me quedé sin trabajo. Y mis amigos del periódico me dejaron de hablar. Ya no era tan divertida.

Decidí no volver a trabajar hasta no encontrar mi verdadera vocación. Sufría de indigestión en todos mis sentidos. No deseaba volver a viajar, el arte dejó de motivarme, comía porque tenía que comer pero no me apetecía nunca nada en especial, no tenía tampoco apetito sexual ni deseaba conocer a nadie, mucho menos me apetecía enamorarme.

Mi vida social fue reduciéndose únicamente a las sesiones de terapia de grupo, lideradas por el doctor Fastovich. Él me recordó bien y me recibió con mucho gusto como su paciente. Fue idea suya que me integrara al grupo. Dijo que tal vez necesitaba escuchar que los demás seres humanos pasan por cosas muy similares aunque su hipocampo fuera más reducido en tamaño. Eso me causó gracia. Pero tuvo algo de razón y fue extraño lo que me sucedió enseguida, porque de inmediato mis compañeros de la terapia, todos tan distintos a mí y entre ellos, se convirtieron en una especie de familia que me escuchó en silencio y me reconfortó con abrazos y a veces incluso llorando conmigo. Mis compañeros se han convertido en mi familia ideal. Siempre están allí puntuales para nuestras citas una vez a la semana. Me escuchan y lo único que piden a cambio es que yo los escuche a ellos.

Después de las sesiones me he reunido en privado con Fastovich para hacer ejercicios de visualización, en los que imagino un pizarrón que es mi mente y voy borrando recuerdos e imágenes que no me permiten estar en paz. Me ha enseñado también técnicas, casi de meditación, para tranquilizar la mente.

Me mandó a hacer yoga todos los días.

Aquellos terribles "ataques de recuerdos", incluyendo las "visitas" de mi madre, han cesado casi por completo.

Uno de mis compañeros es banquero y me ha guiado para invertir mi dinero muy sabiamente. A él le debo que pueda pensar en vivir con tranquilidad y cierta holgura, porque ya no tengo un trabajo remunerado. En realidad no hago mucho en estos interminables días más que asistir a mis sesiones con Fastovich y compañía, ver películas intrascendentes, irme de vez en cuando a un hotel a nadar, tomar el sol y evitar pensar demasiado. Es preciso vaciarme del pasado inmediato antes de poder emprender nuevamente mi camino hacia un futuro más feliz. Sea lo que sea que eso signifique en mi caso.

11

Salí de la oficina de Nostradamus y mientras manejaba hacia la colonia Condesa me empezó a dar muchísimo sueño. Bostezaba sin parar y sentía un agotamiento tal que se me cerraban los ojos. Me detuve en un auto-Starbucks porque no tenía energía ni siquiera para bajarme del auto y pedí un expreso extra cargado. Empecé a creer que Nostradamus me había hecho algo extraño, tal vez un hechizo de agotamiento, con su mirada de hipnotista circense. Llegué a mi casa y, a pesar del café, me dormí sin soñar nada. Luego me desperté, pedí un sushi a domicilio y cuando terminé de comer, seguía en un letargo absoluto. Vi un rato la televisión y me volví a dormir doce horas más, hasta la mañana siguiente. Desayuné un jugo y esperé nerviosa durante un rato, para asegurarme de que el café cubano estuviera abierto. A medio día me dirigí a la calle de Puebla. Vi a lo lejos una puerta de madera con un toldo rojo oscuro. En el toldo estaba impreso: "BARADERO Miami-México-Moscú".

Cuando me acerqué, descubrí que no era un café, ni un bar, sino un restaurante. Un lugar pequeño pero con un aire de sofisticación inesperado. Las paredes de madera oscura y lámparas antiguas lo hacían parecer más un club inglés para *gentlemen* del siglo XIX. Por la concurrencia, vislumbré que se trataba de un lugar donde se reunía parte de la gran comunidad cubana que radica en la Ciudad de México, y por los precios en el menú concluí después que era una parte de esa comunidad con mucho dinero. Los meseros estaban impecablemente ataviados de blanco, y aunque sonreían y bromeaban con los clientes, la atención era de cinco estrellas. Bueno, tal vez cuatro. Sentada en mi mesa, miraba a mi alrededor y empecé a sentirme emocionada. Con mariposas en el estómago, incluso. Después del dolor, estaba transformando mi vida en una gran aventura, el descubrir un México antes desconocido por mí. Se acercó el mesero, que al salir de la cocina trajo con él un olor increíble a plátano frito, frijoles y arroz que llenó el restaurante. La música estaba puesta a todo volumen y, a pesar de la hora, los cubanos a mi alrededor parecían estar de fiesta. Se reían a carcajadas y la vida allí adentro parecía muy otra, distinta de la que existía afuera del local. Como adentro de las embajadas, donde se siente la atmósfera del país que representa, así el Baradero, había importado el espíritu de Cuba a mi ciudad. Pedí una orden de moros con cristianos y cuando por fin me llegó el plato, le pregunté al mesero por el señor Sancho.

—No está, mami. Pero siempre lo puedes encontrar por aquí de noche.

—¿Cómo a qué hora?

—Como a las ocho. Regresa hoy que hay fiesta.

Le sonreí al joven y comí con un gusto especial. No había visitado La Habana ni Varadero, más que en mi sueño, y después de esa comida y del buen ambiente se me antojó mucho viajar a Cuba. He estado en Miami pero creo que Cuba, aunque tenga menos cubanos que Miami, es un lugar más real, un sitio perteneciente a la gente que se aferra a la vida. Miami está lleno de cubanos de otra orden, de los que extrañan un pasado glorioso que nunca conocieron, les parece que Cuba es el infierno aun cuando ellos viven en la gloria *kitsch*.

Terminé de comer, pedí un café y un postre, y cuando me marché hacia la casa, ya eran las cuatro de la tarde. Como no tenía nada que hacer, decidí ir a comprar una película a un lugar donde tienen muchísimo cine de arte de todo el mundo. Tania me había dejado el tip junto con las instrucciones del perro. Había pensado en todo para hacer que mi estancia fuera más agradable, aunque me estaba dejando al perro infernal. La gente está llena de contradicciones.

Me llevé al perro a dar un largo paseo. En general lo sacaba dos veces al día y lo llevaba conmigo casi a todos lados porque si me iba sin él, rasguñaba la puerta de la entrada o se comía alguno de los muebles. El perro infernal era como un pequeño Napoleón.

Ególatra, malhumorado, celoso y a veces hasta violento, claro que a mi amiga Tania le parecía un encanto. No soportaba que lo llevara con la correa a pasear al parque. Finalmente él se creía un gran señor, no un perro común, y ponía el freno si intentabas jalarlo con la correa. Se rehusaba a moverse. Aprendí pronto que no había nada que hacer más que ceder. Si tenía que sacarlo, era sin correa y si se le acercaba un perro curioso y él reaccionaba de manera violenta, yo tenía que cargarlo y abrazarlo para que no saltara de mis brazos y causara la tercera guerra mundial. Eso sí, le encantaba que la gente lo mirara y lo acariciara. Era un pequeño emperador aquel chihuahueño.

En uno de nuestros primeros paseos, me detuve a preguntarle a un señor que vendía plantas en un carrito cuánto costaba una palmera. El perro saltó hacia la calle y cuando volteé a verlo, estaba acostado boca arriba, dispuesto a ser atropellado para castigarme por mi falta de atención absoluta. Nos miramos, él parpadeó con mirada lánguida, como aquellas damiselas en peligro de las caricaturas, y yo grité, corrí. El desgraciado se esperó hasta que yo fuera por él antes de ponerse de nuevo de pie.

Ese día de la visita al Baradero, el perro entró conmigo al sitio de las películas y él solito me llevó a la sección de "cine de autor". Decidí que lo que yo necesitaba era una dosis del Woody Allen de antes. El perro infernal estuvo de acuerdo conmigo.

Cuando terminé de ver *Alice*, todo en mi cabeza había cambiado. La sensación extraña del día anterior se había desvanecido y estaba lista para cualquier aventura. Llegué de vuelta al Baradero a las nueve de la noche, y la fiesta ya había empezado. Estaba tocando un grupo de viejitos salseros, y aunque yo no soy ni conocedora ni aficionada a ese género, no pude más que sentir una gran emoción al ver a todas las parejas bailando felices.

Para mí fue como reconocer lo que imaginaba de niña que era una fiesta de adultos. Llegué a la barra, como de cantina antigua, que se encontraba al fondo y pedí un mojito. Le enseñé a uno de los meseros la carta que llevaba, dirigida a Sancho, y me dijo que estaba en su oficina, que seguramente saldría en un rato, pero que si deseaba hablar con él a solas, que pasara por la puerta y le enseñara al guardaespaldas la carta. Eso hice y caminé con mi mojito hacia la puerta. El guardaespaldas me cuestionó sobre el asunto de mi visita y el contenido de la carta, y cuando le dije que era de Álvaro Dama, me revisó la bolsa y me abrió la puerta mientras comunicaba algo por su *walkie talkie*.

Vi una luz al fondo del pasillo y me encaminé hacia ella. Toqué la puerta y escuché:

—Pasa, Gordo, me acaba de llamar…

Vi a un hombre con una cara muy hermosa, de estatura baja, con grandes ojos azules y piel bronceada. Se tardó unos segundos en levantar la cara de la computadora y darse cuenta de que yo no era el gordo.

—¿Y usted quién es?

—Traigo esto del señor Dama.

—El buen Nostra. Sí, tome asiento.

Sancho me dio la mano y tomó la carta. Del cajón de su escritorio sacó un abrecartas de plata con mango de marfil. Yo lo miraba sentada con las piernas cruzadas y tomando pequeños tragos de mi mojito. De pronto sentí un mareo terrible y puse el vaso en la mesa. Me tuve que colocar la cabeza entre las manos para evitar caerme. Mientras él leía la carta de Nostra, yo sentí que me iba a desmayar.

Sancho me vio y empezó a gritar.

—Gordo, tráele un café a la señorita y una coca-cola para mí.

Se levantó y se hincó frente a mí. Me ayudó a acostarme en el sofá.

Mientras estaba allí acostada sintiéndome cada vez peor, me lamentaba por la fantástica idea que había tenido de beber alcohol, con la poca tolerancia que siempre he tenido. Lo único que quería era estar ya en mi casa y que las cosas no estuvieran dando vueltas a mi alrededor. Al poco tiempo entraron con una taza de café y una charola de comida.

Sancho se acercó y me hizo tomar pequeños sorbos del café, mientras me detenía la cabeza. Luego me acercó la charola para que comiera algo, como si estuviera atendiendo a un niño enfermo. Recuerdo haber pensado: "Seguramente es un gran papá".

—Sus mojitos están fuertísimos.

Sancho soltó una carcajada.

—Es algo que hace que los clientes regresen siempre. Son los mejores mojitos de México, pero para usted, puro refresco de ahora en adelante.

Nos esperamos un rato y volvió a su escritorio mientras el cuarto daba vueltas cada vez más lentamente.

—Debo ser franco y advertirle que será imposible recuperar todos los cuadros. Esta gente se mueve rapidísimo para sacar los cuadros del país. Y los que encontremos, tendrá que comprarlos. Yo podría conseguirle un precio especial. Usted, sin embargo, tendrá que confiar en mí y no podrá decirle nada a nadie sobre lo que sabe, ni podrá estar involucrada en el proceso, me lo tiene que dejar todo a mí. Obviamente no le podrá decir a la aseguradora que ya repuso los cuadros y mucho menos a la policía. ¿Estaría de acuerdo?

Le expliqué que lo que quería era recuperar uno de los cuadros nada más. El Tamayo. Le di el número de teléfono de alguien en caso de que pudiera serle útil.

Me quedé sentada mientras tomaba el papelito y lo miraba, de pronto me dieron unas ganas terribles de vomitar. Me paré y fui corriendo al baño que estaba en su oficina, volví el estómago por primera vez en mi vida adulta y sentí un gran alivio. Casi de inmediato me empecé a sentir mucho mejor. Me enjuagué bien la boca, con jabón, recordé cómo a los niños los amenazan con lavarles la boca con jabón si dicen groserías, pero a mí no me pareció un castigo.

Salí repuesta y sobria.

—¿Ya se siente mejor?

—Sí, qué pena, muchas gracias de verdad.

—Muy bien. Relájese un rato aquí, voy a hacer una llamada y cuando se sienta mejor, apúnteme aquí todos sus datos y la descripción del cuadro que le interesa recuperar. Cuando regrese, podremos cenar en forma.

Él salió de la oficina marcando un número en su celular y al poco tiempo entró una mujer que dispuso de una mesa a un lado del sillón para poner cubiertos, la charola, una botella de vodka ruso para Sancho y una coca-cola para mí.

Sancho regresó y me sonrió. Pensé que seguro le iba bien en la vida, en gran parte por esa sonrisa suya. Ya sentados en la mesa, no sabía yo bien a bien de qué platicar con él, pero no tuve necesidad de decir mucho. Comíamos y sonreíamos.

—Muchísimas gracias, de verdad.

—El placer es mío —me respondió—. Es raro ver a alguien como usted en mi oficina.

Mientras cenábamos me platicó un poco de su vida y de la historia del Baradero. Sancho no tenía acento cubano como sus meseros, pero me dijo que había nacido en la isla, sólo que había llegado a México con sus padres al soltarse la revolución y que desde el principio se habían establecido en la colonia Roma. Sin que yo le preguntara, me contó que era divorciado y que tenía cinco hijos que vivían en Miami con su ex mujer. Me enseñó las fotos de los niños en una alberca y en navidades, todos con sonrisas hermosísimas. Después del banquete salimos al bar. Todo el mundo bailaba salsa. Yo no sé bailar salsa y menos como los cubanos, así que me senté. Siempre he pensado que la música de tu tierra es como la religión que heredas, aunque reniegues de ella, inevitablemente es parte de tu historia. Algunos somos rock, otros blues o jazz o música clásica.

Algunos afortunados son pura salsa.

Es la alegría, el malecón, el calor y la fiesta. Una mujer rubia vestida de rojo y tacones altos, de unos cincuenta años muy bien cuidados, se puso a bailar con Sancho y me quedé asombrada de la forma en que se movían, como rápidos torbellinos de sensualidad. Requería de un enorme talento poder moverse así. Sentí celos de la rubia, de su capacidad de expresarse con el cuerpo. Como si estuviera en una obra de teatro, empecé como buena voyeurista a observar a los demás y a inventarles historias. Todos me parecían personajes de una película nueva, que no se parecía a ninguna que jamás hubiera visto yo. Pertenecían a otro mundo fantástico, de salones de baile y callejones a oscuras donde se llevaban a cabo negocios turbios. ¿Qué haría toda esta gente de día? Era jueves por la noche. ¿No tenían trabajos u ocupaciones que atender a la mañana siguiente? Parecía una fiesta de fin de año. Del fin del mundo. De pronto me sentí muy sola otra vez.

A la una de la mañana me acerqué a Sancho, quien aparentemente tenía por misión bailar con todas las mujeres del bar. Recuerdo haber pensado que, a pesar de su sonrisa, seguramente su esposa había tenido muchas razones para divorciarse de él. Era un gran seductor. Le expliqué que tenía que irme a casa. Se disculpó con la mujer en turno y me acompañó a mi coche.

—Deme una semana. Yo me comunicaré y espero tener ya noticias concretas —me dijo, y me dio la mano para despedirse.

No sé por qué lo hice, si seguía un poco borracha o si estaba necesitada de afecto, pero lo abracé muy fuerte, y el pequeño hombre, me imagino que un poco sorprendido, me tomó el rostro y me dio un beso largo y muy sensual. Me metí a mi coche sintiendo una gran felicidad y el cuerpo calientísimo.

Acababa de conocer a un principito mafioso y me había encantado.

Cuando llegué a casa no podía dormir, seguía dándole vueltas a aquello en que se había convertido mi vida en las últimas semanas. Reconocí que me había gustado tanto vomitar como el beso de Sancho y tuve miedo de volverme bulímica o una puta. A mi edad ambas cosas serían ridículas. También me di cuenta de algo importante esa noche, en una semana sería mi cumpleaños número 36. Me acordé de la película de *Los Caifanes* y me sentí un poco como Julissa. Sancho era mi Óscar Chávez, un poco más refinado y dueño de restaurante, pero con *dealings* con la mafia rusa y quién sabe con quién más. Estaba viviendo en la banalidad del mal. Pero después de Israel ya todo me parecía normal. Me asombró mi capacidad de adaptación a este mundo nuevo de cambios constantes, de gente siniestra, de mundos secretos, y la verdad es que eso no me preocupaba.

12

Al día siguiente, sin nada que hacer más que esperar la llamada del principito, marqué a mi antiguo teléfono de casa y, por primera vez, tenía mensajes en mi buzón de llamadas. Cinco llamadas. En las primeras cuatro sólo se escuchaba silencio. Era Israel. Lo sabía. Era él.

¿Y qué quería de mí ahora? ¿Regresar y robarme la ropa interior que me había comprado? ¿Un trofeo? ¿Confirmar mi amor pasado y mi dolor eterno?

La quinta llamada era de mi hermana. No sonaba muy bien, el mensaje era breve y me pedía que la llamara en cuanto pudiera. Le marqué a su trabajo pero me dijeron que había tomado vacaciones. El teléfono de su casa estaba descolgado, el teléfono de su celular apagado. Decidí ya no posponer, enviarle un mensaje a ella y sentarme a escribirle a mi padre.

Me preocupé por mi hermana. Vane era muy pachanguera, sí, pero sobre todo era una trabajólica sin remedio. Nunca pedía días libres y tenía la fortuna de que su trabajo era lo que ella consideraba como la parte más divertida de su vida. Daba la impresión de que lo demás, incluyendo su vida personal, eran meros *hobbies*.

Me fui a mi terapia de grupo. Lloyd no fue y me pareció algo extraño porque nunca faltaba. Me empezaba a acechar la paranoia. Mis otros compañeros ya se habían olvidado de mi tragedia y estábamos ahora consternados por Miguel, el ginecólogo que se estaba separando de su novia por culpa de los celos de ella hacia sus pacientes.

Al regresar, entré a internet y descubrí que sólo tenía dos mensajes nuevos. Me puse triste, ya que hacía semanas que no lo checaba. El primero era un mensaje de un amigo de mi hermana, que llevaba por título: "Desde Playa del Carmen".

El mensaje decía así en lenguaje telegráfico: "Vane ha estado mal y me pidió que te escribiera. Le dio una especie de crisis nerviosa cuando terminó con Diego. No contestas nunca tu teléfono. No queremos llamarle a tu padre. Por favor comunícate lo antes posible". Firmaba Álvaro y dejaba un número para que me comunicara.

El otro era un mensaje de mi padre que había tenido que postergar su boda hasta previo aviso. Se había ido a esquiar y se había fracturado una pierna. Decía de broma que le parecía ridículo casarse a cuatro patas, por eso de las muletas. Leí el mensaje apresuradamente y me preocupé. Decidí hablarle cuando llegara a Playa del Carmen. Tenía que ver a Vane.

Temblando, empaqué algunas cosas mientras hablaba con Álvaro, y él me explicó más o menos cómo estaba todo. Vane estaba dormida y no la quería despertar. Le dije que llegaría en el primer vuelo que encontrara. Llamé al veterinario cuyo teléfono me había dejado Tania a un lado del refrigerador y llevé al perro para que lo cuidaran indefinidamente. Dejé abierto un *voucher* de mi tarjeta de crédito. Me despedí del perro y casi lloré cuando me miraba rogándome para que no lo dejara allí. Regresé a la casa, llamé a un taxi y me fui al aeropuerto. Tomé el primer vuelo que salía para Cancún y de allí un taxi que parecía tardar horas para llegar a casa de Álvaro en Playa del Carmen. Es difícil explicar lo que sucedió a mi llegada. Encontré a una mujer que apenas reconocí. Vane estaba flaquísima. Parecía heroinómana. Había estado en el hospital porque la noche en que Diego se había marchado de la casa, Vane había intentado quitarse la vida con pastillas para dormir. Me dijo Álvaro que ya estaba mucho mejor físicamente, pero seguía en un estado depresivo terrible. Me arrepentí de haberla abandonado tanto tiempo, de no haberla llamado más seguido. Mi propia tragedia parecía insignificante ante el dolor de mi hermana.

Diego el argentino, como le decíamos en la familia, era un chavo sencillo, si eso es posible, de Buenos Aires, hasta entonces trabajador y tranquilo, que llevaba muchos años en Cancún trabajando en un centro de llamadas, un *call center* que los llaman los gringos. Él era intérprete y se ganaba bien la vida en esa oficina, donde recibían llamadas de diferentes partes de Estados Unidos y requerían que alguien les tradujera por teléfono la información a hispanoparlantes que no hablaban inglés. A veces las llamadas eran de compañías de computadoras para darle a alguien instrucciones sobre cómo conectar o hacer funcionar mejor su ordenador, otras eran de juzgados, de cárceles, muchas eran de la famosa línea 911, que atiende llamadas de emergencia a la policía o a los bomberos, muchas venían de hospitales donde llegaban hombres, mujeres y niños que no podían explicarle en inglés al médico de la sala de urgencias qué era lo que les dolía o lo que les había sucedido para que les dieran atención médica inmediata.

Diego nos caía bien a todos por las historias que narraba de sus experiencias en la interpretación telefónica.

Recuerdo una anécdota que nos contó en Hawái sobre un hombre en una sala de un hospital que no entendía cómo era que se escuchaba la voz de Diego en toda la habitación. El médico le señalaba al hombre una cajita en una esquina (el altavoz conectado al teléfono), pero el hombre del campo nunca había visto un *loudspeaker*, como le decía el médico, y pasó mucho tiempo sin decir nada, aterrado y adolorido en la cama, probablemente pensando que se había muerto y que la voz de Diego era la de Dios hablándole en español con acento argentino.

Mi hermana lo idolatraba.

Me quedé con Vane durante casi un mes. Nos fuimos de casa de Álvaro a un aparthotel porque mi hermana no quería regresar a su casa por los recuerdos. Sentí que Vane y yo estábamos viviendo historias paralelas.

Yo siempre había querido a Diego y me sorprendió aprender la realidad de la relación. Desde el inicio había problemas.

Lo malo era que Vane se echaba la culpa de que Diego se hubiera liado con otra chica. Decía que lo había ignorado muchas veces por estar demasiado involucrada con el trabajo y que a veces regresaba tan cansada a casa, que lo que menos le apetecía era hacer el amor o tan siquiera platicar con él. Que a veces lo único que quería era prender la tele y dormirse. Yo le decía que no se culpara porque ella también había sido muy solidaria con él, con sus horarios, su fanatismo del futbol, sus viajes de regreso a casa en cada vacación y las reuniones con otros argentinos en su casa cada fin de semana, pero que finalmente nada justificaba una infidelidad porque si quería estar en una relación, tenía que estar en la relación, no estar mitad allí y mitad afuera, viviendo la vida de soltero. Diego lo quería todo, —le dije— sin ceder en nada. Un conchudo.

Necesitaba que ella se enojara, como yo me había enojado con Israel para que empezara a salir de su depresión y se olvidara de las culpas. Quería hacerla recordar lo horrible. Años después se acordaría de lo bueno también, ya sin dolor.

Yo igual.

Buscamos juntas un nuevo departamento para ella y pusimos el viejo departamento en renta. Hicimos una venta de garaje de todas sus cosas, la ayudé a mudar lo que quedaba, a comprar muebles nuevos y decorar su nuevo hogar.

Pasamos mi cumpleaños en la playa platicando, caminando y conociéndonos otra vez. Íbamos a nadar todas las mañanas y después de resolver todo lo que había que resolver en el día, regresábamos a la playa y nos sentábamos a platicar mientras construíamos castillos de arena y veíamos el atardecer. Comimos muchísimo y nos emborrachamos una que otra vez con margaritas, que se convirtieron en la bebida que siempre me recordará a mi hermana. Fue un buen ejercicio para las dos que nos ayudó a entender la impermanencia de las cosas y también la permanencia del cariño de hermanas. Nos quedábamos muchas noches platicando hasta la madrugada.

Hablamos mucho de nuestro pasado, de nuestros padres, de lo que habíamos vivido, de la sensación de desamparo cuando uno crece, de la no protección que vivimos las mujeres y la falta de herramientas para enfrentar las dificultades que siempre existirían; de los hombres, de las relaciones amorosas, del dolor, de la vida, la esperanza y el futuro que deseábamos. Una noche, medio borrachas, cantamos las canciones que le encantaban a nuestra madre y lloramos juntas.

Cuando me fui, Vane regresó a trabajar, entró a una terapia a la que va dos veces por semana y prometió pedir unos días más, un par de semanas después para ir a visitarme al DF. Supe cuando nos despedimos que Vane estaría muy bien.

En el duty-free del aeropuerto de Cancún me compré una cámara fotográfica Polaroid.

13

Cuando regresé a casa, lo primero que hice fue ir por el perro infernal, que me recibió como yo si fuera el último hueso en el desierto. Bailaba a mi alrededor, movía la cola con frenesí. Estaba feliz de verme y más de regresar a su hogar.

Ya en casa, justo al entrar, vi que había varios mensajes en la contestadora. Los mensajes le pertenecían a un par de "mudos", uno a Sancho, otro a la aseguradora y otro a la corredora de bienes raíces, todos con buenas noticias.

El mensaje del agente de seguros decía que ya estaba el cheque listo y el de la corredora, que mi departamento ya tenía una muy buena oferta de un comprador potencial, que ella me recomendaba seriamente que lo aceptara. Tomé la decisión de que en cuanto se vendiera mi departamento, metería ese dinero en el banco pero en una cuenta que no podría tocar hasta no tomar una decisión sobre qué hacer con mi vida. Me comuniqué de inmediato con la corredora y nos pusimos de acuerdo para los trámites. Le hablé al

notario de la familia y pusimos fecha para vernos.
Después le marqué a Sancho a su celular. Le expliqué
la razón de mi larga ausencia. Me contó que había
localizado el cuadro. Le había tomado algunas fotos
para estar seguro y necesitaba que yo las viera. Me
citó en su casa para tomar una decisión sobre cómo
proceder.

El perro cambió mucho desde ese día. Quería
portarse bien conmigo, como si su internamiento en
la clínica hubiera sido un castigo, entonces ahora deseaba recibir sólo cariños. Hasta los perros malditos
necesitan amor, pensé, mucho amor, y lo apapaché
durante un buen rato. Siendo un señorito, hasta le
serví de comer en un plato de la vajilla elegante de
Tania. Cenamos juntos un gran banquete de bienvenida. Tenía yo la sensación de que todo lo que seguía
en mi vida serían cosas buenas y eventos felices.

Sin embargo, me pasó algo al día siguiente,
cuando me subí a mi coche y me pareció que ya no
sabía manejar. Como si todo fuera extraño para mí.
Tuve la sensación de estar loca. Mi corazón empezó
a latir muy fuerte y entendí que estaba sufriendo un
ataque de ansiedad. Es normal, recuerdo que pensé, después de todo lo que he vivido, es normal que
tenga ansiedad.

Me tranquilicé utilizando un mantra que escuché de un radiogurú, en un programa de media-
noche. Lo repetí varias veces hasta que mi corazón
volvió a la normalidad y pude arrancar el coche para
dirigirme hacia Reforma norte.

La casa de Sancho era un lugar espléndido, con un gran jardín muy bien cuidado, lleno de pájaros y flores. Volví a sentir esa emoción de la noche del Baradero y me di cuenta de que lo que me estaba atrayendo de él era el gusto por las cosas finas, pero hice un esfuerzo por portarme fría y recordar que era un mafioso al igual que Israel, o como se llamara mi ex novio, a pesar de tener una linda casa llena de cosas bonitas en un lugar llamado Bosques, todo jardines y flores.

Me recibió con un fuerte abrazo, como si fuéramos grandes amigos, y tuve que recordar mi frase de la banalidad del mal, para no caer en tentaciones. Él tenía ya lista una charola con pastelitos y una jarra de plata con un té delicioso de jazmín para que no me volviera a sentir mal. Había un sobre amarillo en la mesa de la sala, a un lado de la charola. Lo vi desde que nos sentamos y supe de inmediato que adentro estaban las fotos del cuadro. Me emocioné mucho. No tardó en recoger el sobre y mostrarme el contenido. Allí estaba la mujer mirando a la luna, y de pronto sentí nuevamente una nostalgia terrible por mi antigua vida enclaustrada, por la inocencia perdida, pero también me quedó clarísimo que ya no había vuelta atrás, el camino emprendido tenía sólo una dirección, y ésa era hacia el cambio radical.

Me quedé mirando la fotografía un buen rato hasta que regresé por fin al presente.

—Sí, ése es el cuadro —dije de inmediato, con una voz que me salió casi como un susurro, y me quedé absorta mirándolo.

—Muy bien —respondió—, están pidiendo siete millones y medio de pesos. Es muy buen precio.

—No los tengo.

—¿Y lo del seguro?

—Lo del seguro yo no lo puedo ocupar. Ese dinero no es mío, sino de mi padre. Es imposible.

Medité sobre la venta de mi departamento y de la posibilidad de comprar el cuadro. Con lo de la venta del departamento, no llegaba ni a la mitad del precio del cuadro, y no me parecía que las cosas tuvieran un valor justo. Sentí coraje y a la vez una gran calma. En el mundo del mal los objetos, y no los seres, tienen los precios más altos.

—Pues lo siento, es lo mejor que puedo hacer.

—Pues gracias de cualquier forma por todo el esfuerzo. ¿Me puedo quedar con la foto?

—Claro.

—Si cambia de opinión, llámeme, y a ver si un día de éstos me viene a visitar al club.

—Sí, sí, muchísimas gracias. Oiga, perdón, ni siquiera se lo pregunté antes. ¿Le debo algo por sus servicios?

—Sí.

—¿Cuánto?

—Me debe un baile.

Me reí y salí de la casa un poco triste con la foto del cuadro en la mano y con la seguridad de que nunca volvería a ver a Sancho. Llegué a la casa y puse la foto en el buró a un lado de la cama. Miré a la mujer durante varias horas mientras ella, a su vez, miraba la luna.

Recuerdo que, mientras la observaba, me preguntaba a mí misma por qué en todas partes se venera tanto a la luna. En la literatura, la filosofía y en el arte siempre se habla de la luna en vez de hablar sobre la tierra, como si lo lejano fuera más interesante que lo que se mira de forma cotidiana.

Después de mirarla un buen rato, me levanté y pegué la foto en una pared de la recámara. Me di cuenta de que toda mi vida era ahora un pálido lienzo como esa pared. Supe de inmediato que si quería tener arte en mi vida, tendría que crearlo yo misma. Pero supe también que tendría que ser un tipo de arte distinto, no un *Angelus* de Millet, ni la copia chafa de un Tamayo. Entonces se me ocurrió la idea.

Al día siguiente por la tarde fui a una tienda Polaroid del centro, y compré varios cartuchos para mi cámara. Después pasé al supermercado cerca de casa de Tania. Cuando me acerqué a una de las cajas, vi a un hombre más o menos de mi edad, con dos niños, comprando una cantidad de comida impresionante. Los niños discutían sobre si los chocolates que tenían en las manos eran de él o de ella.

Estaba en la fila justo atrás de ellos y los seguí observando. Los niños eran muy bonitos. ¿Cómo sería su mamá? El hombre, que era claramente el papá de los dos, era de mediana estatura, con tipo de español. Me llamó la atención por su barba que lo hacía parecer como un joven Fidel. Me gustó mucho mirarlo y verlo interactuar con sus hijos. Se veían todos tan contentos, que era inevitable no tenerles un poco de envidia.

De pronto, me sorprendió que el hombre volteara y me dirigiera la palabra.

—Vivimos en el mismo edificio. Te he visto algunas veces en el garaje sacando tu coche.

—¿Ah, sí? Qué bien. ¡Somos vecinos! ¿En qué departamento viven ustedes?

La niña contestó:

—Vivimos en el número 106... Tienes labios bonitos.

Me sonrojé y le dije:

—Y tú, unos ojazos, princesa.

—¿Cómo te llamas?

—Yo, Ana, ¿y tú?

Surgió en ella una gran sonrisa contagiosísima.

—Yo también me llamo Ana. ¿Tú también? Él es Santiago, mi papá se llama Juan y mi mamá se llama Alicia, pero ella ya se murió.

—Pues mucho gusto, tocaya —le hice un cariño en la cabeza.

Salimos del supermercado y caminamos juntos hacia la casa. Supe entonces toda la historia: la mujer de Juan había muerto hacía un año de cáncer cervical no tratado; que los niños acababan de llegar de regreso a vivir con él, después de pasar unos meses con sus abuelos mientras él se reponía y sacaba adelante su negocio.

Tenía un negocio de importación de mármol italiano.

Los niños me preguntaron que si el perro de Tania seguía allí. Les dije que sí y me preguntaron si lo podían ir a visitar o a sacarlo a pasear algún día.

—Cuando quieran.

Subieron corriendo las escaleras y Juan se rio cuando le dije que me sorprendía mucho que a los niños les cayera tan bien el perro infernal. Me dijo que con ellos era muy suavecito.

—Si lo quieren, se los regalo —le dije riéndome más.

Me gustaba cómo se reía Juan. Su barba le daba un aspecto de seriedad que era falso. Ya de cerca se notaba su cansancio, como si hubiera vivido muchos años en uno solo, pero era diferente al mío. Todas sus vivencias parecían provenir de su interior.

Nos quedamos parados allí un ratito, platicando de cualquier cosa.

—Bueno.

—Bueno pues, otra vez mucho gusto.

—Igualmente.

—Oye, Ana, ¿te gustaría ir a cenar algún día? Tendríamos que llevar a los niños porque no tienen nana, si no te importa.

—¡Plan familiar suena muy buen! Oye y ¿por qué no hago yo de cenar mañana en la noche? Es viernes, y se vienen los tres, así, sin presión de horarios. Rento unas películas para ellos. ¿Qué te parece?

—Yo llevo las películas.

—¿Comen de todo?

—¿Sabes qué? Ya no lo sé.

—Bueno, pues espero por ti que así sea, por la cantidad de comida que acabas de comprar.

—Sí, yo también lo espero. No te preocupes, haz lo que quieras de cenar y yo me encargo de que se lo coman.

—Okay, pues ya quedamos entonces. ¿A las ocho y media está bien?

—Perfecto.

Me emocionó la idea de tener invitados en casa. Más si eran niños y aún más si el papá de los niños era un guapísimo viudo de mi edad.

14

Algo que me gusta mucho de México es la facilidad para entablar amistades con niños que no son de tu parentesco. En cualquier otro país eso sería considerado algo sumamente extraño y sospechoso.

Cuando vivíamos en Nueva York, mi padre tuvo que ir a rescatar a un pobre hombre de negocios mexicano que había ido a la ciudad para presenciar la serie mundial y que había terminado en la cárcel. En el estadio de los Yankees había tenido la osadía de agacharse a saludar a una pequeñita de cinco años que estaba parada en el puesto de hot dogs con su hermana de once años esperando ser atendidas. El señor le había hecho un cariño en la cabeza y en el rostro, mientras su esposa miraba enternecida la escena. La hermanita de once años fue con un policía y le dijo: "Ese señor acaba de acosar sexualmente a mi hermanita".

El mexicano fue arrestado y mi padre lo tuvo que ayudar a salir y explicar que el cariñito no era muestra de pedofilia, sino que había habido un gran *cultural misunderstanding*, porque en México una muestra así de simpatía hacia un niño o una niña era considerado algo normal.

Después de la noche de la cena con Juan y los niños, que fue un éxito rotundo porque pedí pizzas, éramos como una gran familia. Íbamos a jugar boliche, al parque, al museo de los niños y de historia natural en Chapultepec, al cine, a obras de teatro infantiles los domingos en la mañana, cenas y comidas en mi casa, en la suya, tareas, libros de princesas y otros cuentos de hadas y trucos de magia que le encantaban a Santiago. Llegaron los tres vecinos a cambiar mi existencia cotidiana y a llenarla de risas y pláticas divertidas, también de recuerdos de mi propia infancia, de mi odio por las clases de geografía y mi gusto por las maquetas.

Los niños me divertían, Santiago me hacía reír y me daba una enorme ternura, pero Ana, la pequeña Ana era todo lo que a mí me hubiera gustado ser de niña y todo lo que a mí me encantaría que fuera mi hija. Además compartíamos nuestra tristeza, la pérdida, la ausencia de la madre. Ambas llenábamos el vacío de esa ausencia con la otra.

Un día Ana me preguntó: "¿Qué se sentirá morirse?", y yo le respondí con otra pregunta sobre si pensaba mucho en la muerte. Me dijo que le daba miedo pensar en que su mamá hubiera sentido dolor o mucho miedo antes de morirse, luego se quedó callada un rato y se fue a su casa. No supe qué decirle.

Otro día me preguntó si recordaba bien la cara de mi madre y si la seguía queriendo aunque estuviera muerta. Le expliqué que sí, que la recordaba perfectamente, pero que eso era porque yo recordaba todo, y muy particularmente la recordaba a ella porque era alguien a quien yo quería mucho. Le dije que es normal olvidar el rostro de la gente que no hemos visto en algún tiempo. Y que el amor no se va cuando alguien muere, sino que sigue allí y muchas veces hasta crece conforme pasan los años.

Ana se cuestionaba sobre el amor por alguien que ya no existía.

Yo me cuestionaba sobre exactamente lo mismo.

Después de varias semanas de convivencia con la familia, me empecé a enamorar perdidamente de Juan. Era evidente que eso sucedería desde el momento en que lo conocí, sobre todo por el parecido que yo veía entre él y el Fidel Castro de mi sueño. Era como si después de Israel algo se hubiera abierto en mi corazón en vez de cerrarse. Estaba puestísima para el amor. Lo único malo era que todos los planes que hacíamos juntos eran para el fin de semana con los niños, y las conversaciones iban todas en torno a la entrega de la tarea, la tos de Santiago y su partido de futbol de la liguilla de su colegio, de lo linda y lista que era Ana.

Éramos como un viejo matrimonio, con dos niños que crecían metros por segundo, que ocupaban todo nuestro tiempo y energía, y por ende ya jamás nos tocábamos. Juan me dijo una noche que la rápida reintegración de sus hijos a su casa había sido en gran parte, si no totalmente, gracias a mi presencia. Durante los siguientes dos meses, todos sus planes me incluían y todos mis planes los incluían a ellos, con excepción de mi proyecto de foto y de mi terapia de grupo.

Lo hablaba con mi hermana y se burlaba de mí, preguntándome sobre mi vida de ama de casa y mi familia instantánea. Le caía fatal Juan.

Vane ya estaba mucho mejor y hablábamos seguido por Skype. Se había metido a clases de buceo y estaba empezando a ver a sus amigas, a salir, a hacer cosas fuera del trabajo.

En la terapia, mis compañeros y hasta el doctor, que casi nunca hablaba, me regañaban en cada sesión por mi supuesta "necesidad de suplir a la madre ausente" (mía y de Ana) y de arreglarle la vida "a ese fulano que contigo cayó en blandito, que además es un cobarde porque ni siquiera se atreve a cogerte aunque jueguen a diario a la casita". Yo me reía y pensaba que, al final, cuando Juan me confesara su amor y me entregara el anillo, todos se quedarían atónitos y envidiosos.

Mi otro proyecto no era ni de índole familiar ni psicológico, sino artístico. Consistía en retomar mi idea original de buscar gente común y corriente, y abordarla como en las entrevistas que les hacía a los famosos cuando trabajaba en el periódico. Sólo que las entrevistas no serían escritas, sino llevadas a cabo como una conversación normal finalizada con un retrato fotográfico. Dicen que los ojos lo dicen todo, y mi idea era que esos ojos lograran confesarse a través de mi cámara, que fungiría como el sacerdote. Todas las mañanas salía a la calle con una guía Roji y mi cámara Polaroid. Elegía mi destino al azar, abriendo una página y poniendo el dedo en un lugar sin mirar. Primero me tardaba un rato decidiendo la mejor ruta para llegar en mi coche, y al llegar buscaba un buen sitio para pararme y esperar que pasara la gente. Primero me presentaba, y cuando se daban cuenta de que llevaba cámara, la gente se detenía casi siempre. Locos por la celebridad, una cámara los hacía detenerse, aunque tuvieran mucha prisa y le negaran el mismo tiempo a cualquier otra persona con información vital para su supervivencia. Platicábamos un poco y después de la confesión les tomaba una foto. No se lo pedía a todos. Detenía a la gente que me atraía porque parecía que tenían "espíritu" y a algunos que no lo tenían tan visible pero que tenían caras interesantes o, de acuerdo con mi instinto y brevísima apreciación, que parecían tener algo interesante que contar. Recorrí casi toda la Ciudad de México buscando gente a quién confesar. Conocí colonias de las que jamás había escuchado y descubrí otro México nuevo. Un DF ciertamente con problemas pero también habitado por gente muy generosa y fascinante y chistosísima —y algunos con vidas muy trágicas pero que insistían en sonreír—, una ciudad que me llenó de emociones, olores, música y comida deliciosa.

No sabía qué haría con esas fotos, porque las confesiones serían sólo para mí, y decidí que no importaba. Me inventé el personaje de una artista-turista, navegando por vidas ajenas y guardando tarjetas postales que sólo eran para mí porque nadie jamás entendería. Prometí guardar sus secretos y sé que lo haré siempre. Para facilitar que hablaran conmigo, me inventaba nombres y nacionalidades. Casi todas las personas a las que me acerqué por lo menos se tomaron el tiempo de platicar conmigo y aunque algunos me pidieron dinero, la gran mayoría se dejó fotografiar gratis. En general, los mexicanos solemos confiar más en los extranjeros, a quienes consideramos como tontos curiosos, que en nuestros paisanos, de quienes pensamos que algo quieren sacarnos. Al principio, el proyecto era únicamente para llenar mi tiempo mientras Ana y Santiago regresaban de la escuela, pero después me lo empecé a tomar tan en serio que incluso pensé en la posibilidad de publicar las fotos o de exhibirlas en alguna parte. La casa de Tania, o más bien la recámara, se llenó de fotos en las paredes, de hombres, mujeres, algunos jóvenes y otros tantos viejos.

Sus confesiones iban en todas las direcciones. Algunas eran tristes, traviesas, otras eran terroríficas, algunas eran anécdotas, muchas eran de orden sexual y una gran mayoría, cuando confesaba alguna falta cometida, mostraba arrepentimiento. Nadie se ufanó de sus hazañas a menos de que pertenecieran a la infancia. Lo que me sorprendió era la sinceridad y la disposición de contarle a una extraña cosas tan íntimas. Muchos me dijeron que jamás se lo habían dicho a alguien, ni siquiera a su gente más cercana, los que eran devotos no lo habían confesado ni en la iglesia. Si mirabas de cerca y con ganas, en los ojos, en los rostros, se sabía casi de inmediato el tipo de confesión que habían hecho. Es cierto que el rostro de la gente, si lo sabes leer, te lo dice todo sobre quién es.

Tenía la foto del cuadro de mi madre en el centro de la pared y las demás fotos que iba tomando las colocaba alrededor de la mujer que parecía ahora mirarlos como si fueran todos sus hermanos, y la luna, la madre de todos. Se asemejaba a un gran árbol genealógico. Todos estábamos unidos por las mismas experiencias, con un par de variantes. Ése había sido mi gran aprendizaje en esta vuelta de entrevistas. No había ya nada que me pudiera escandalizar. Todas las vivencias iban en torno al amor y a la muerte, incluyendo la falta de amor y el miedo a la vida.

También recuerdo que me gustaba mucho la sensación de tener a tanta gente cerca de mí por las noches. De una manera extraña, me reconfortaba su presencia virtual. Yo nunca he estado en Facebook, aunque si me inscribiera ahora, mis pocos amigos se divertirían muchísimo con tantos cambios de estatus cada media hora, pero imagino que eso es lo que ha de sentir una persona con miles de amigos que en la vida real no son de veras tus amigos. En terapia, los que tenían Facebook, que era una gran mayoría, empezaban muchas de sus sesiones con: "Ayer en el Facebook…".

Así eran esas caras en mi pared, como mis amigos virtuales, sólo que aquí estaban en un muro real. Creo también que la presencia de las polaroid en mi pared y la manera tan entusiasta en la que abordé el proyecto significaba que por fin estaba dejando entrar al mundo en mi vida, en mi espacio.

Cuando me sentía más segura de la variedad de rostros y expresiones, invité a Lloyd al departamento a ver las fotos y se emocionó muchísimo con la idea de organizar una exposición. Quería que le contara algunas de las confesiones pero no logró sacarme nada. Sin embargo él me enseñó a calificarlas y a elegir las mejores, y descubrí que, además de curiosidad, tenía ojo de fotógrafa, aunque necesitaba más entrenamiento. Para mí era algo instintivo, pero caí en la cuenta de que después de ver tanto cine, mirar tantos cuadros y otras fotografías algo se me había quedado aunque fuera por ósmosis.

La exposición de las fotos, que organizó Lloyd, quedó planeada para el Centro Deportivo Israelita la última semana de octubre. Me dijo que me faltaban diez fotos más y me puse a trabajar.

15

Una noche, después de meter a los niños a dormir. en una casa de campaña en la sala y de una sesión maratónica de risk con Juan, en la que yo conquisté el mundo y después me quedé dormida como bebé, Tania me despertó con una llamada desde Edimburgo para decirme que regresaba a México, por fin, el 30 de octubre. El sueño estaba por terminar. Sólo faltaba un mes. Me había enviado postales de varias ciudades, y cada vez que llegaban, las miraba con felicidad y orgullo de que mi amiga, la famosa pianista, estuviera teniendo tanto éxito en el viejo mundo. Pero en los últimos meses, mientras jugaba a la casita platónica con Juan y los niños, también las miraba con un poco de recelo. Cada postal que enviaba era una ciudad menos del tour. Hasta me había encariñado a tal grado con el perro infernal, que ya lo dejaba dormir en mi cama. Sus ronquidos me hacían bien. No quería que el juego terminara, me estaba aferrando a él. Sabía que si me mudaba, todo cambiaría con los niños y con Juan. Sabía que en realidad no había nada entre nosotros. Pero me aferraba.

Una semana después, mientras caminaba por el mercado de Sonora buscando al personaje perfecto para mi proyecto de foto, recibí un mensaje de texto en mi celular. "Necesito verte", decía, pero provenía de un teléfono desconocido y el mensaje no iba firmado. Por supuesto que no respondí.

Esa noche, ya en la cama, mientras releía *Cien años de soledad*, que me había robado de la pequeña colección de libros de Tania, con sus páginas llenas de Melquíades e historias gitanas en un mágico Macondo, escuché que tocaban la puerta suavemente y, pensando que era Juan que venía a recoger algo que se les había olvidado a los niños, abrí la puerta.

Allí parado frente a mí estaba Israel.

Me quedé estupefacta durante algunos segundos, pero de pronto me posesionó un odio tan fuerte, que no pude comprender al vuelo qué era lo que me estaba sucediendo, porque jamás había sentido algo así. Empecé a temblar. Lo quería lastimar, hacerle daño físicamente. Que sintiera por lo menos una mínima parte del dolor que él me había provocado. Si hubiera tenido a la mano una pistola o un cuchillo, no sé qué habría sido capaz de hacer. Me di miedo, y creo que cuando miró mis ojos, a él también le provoqué un poco de temor.

—¿Puedo pasar? —preguntó en una voz muy suavecita.

Empecé a cerrar la puerta.

—Voy a llamar a la policía —fue lo único que pude decir.

Se interpuso, empujó la puerta entreabierta con su brazo y entró al vestíbulo del departamento.

—No, Ana, tranquilízate por favor y escúchame. No me puedo ir si no te lo digo. Te tengo que explicar lo que pasó. Te quiero. Te extraño muchísimo. Dame una oportunidad de explicarte. Estaba yo en un problema muy serio. Me iban a matar.

—Lástima que no lo lograron.

Empecé a caminar hacia delante empujándolo sin tocarlo para que saliera de mi departamento. Me tuve que contener porque quería golpearlo, quería que se cayera muerto allí en mi puerta y a la vez todo en él me llamaba a abrazarlo. A pesar del enorme daño que me había causado, lo seguía queriendo.

Debo confesar que hasta este momento, mientras escribo estas líneas, se me ocurre que con las huellas digitales que se encontraban en sus cosas de baño pude haber descubierto su identidad y tal vez conseguir por lo menos que lo arrestaran. Pero ya no tiene sentido hacerle al detective. El caso está cerrado. Y en ese momento yo no podía pensar con claridad.

Frente a Israel empecé a llorar de la desesperación y por un sentimiento muy fuerte que me dividía. Por un lado, la memoria corporal, al verlo, me llevaba a abrazarlo, acariciarlo y besarlo. Por otro lado, mi corazón sabía que no había manera de perdonarlo, de dejar pasar lo que había hecho.

Entendí que no existía ni Juan ni la posibilidad de amar realmente a alguien más, tal vez nunca más, y eso también me destazaba por dentro. Ese hombre que tenía frente a mí me había despojado de muchas cosas y, además, me había arruinado el amor.

Mientras estábamos allí parados en silencio, él esperando mi respuesta y yo esperando tomar una decisión sobre qué hacer, con los ojos llenos de lágrimas, lo miré de tal forma que cuando empecé a cerrar la puerta, él no protestó y dio un paso tras otro hacia atrás. Puse todos los cerrojos y después me senté en el piso, cerrando también los ojos y tapándome los oídos. No quería ver, no quería escuchar, no quería entender sus razones ni saber quién era en realidad. Al cerrar la puerta al pasado entendí que tal vez ya no sabría nunca la verdad.

¿Pero qué importaba ya la verdad?

Me quedé allí sentada, no sé por cuánto tiempo, temblando y llorando.

Después de un rato me destapé los oídos. Escuché cómo Israel caminaba, bajaba las escaleras, abría y cerraba la puerta que daba a la calle.

Ya de regreso en mi cama, tuve mucho miedo. Empecé a sentir una paranoia terrible. Salí de mi cuarto y abrí la puerta del departamento, cuando vi que ya no había nadie, la cerré nuevamente con todos los seguros. Puse una silla enfrente de la puerta de mi cuarto y colgué una campana para que sonara si alguien intentaba pasar más allá de la silla, luego me dormí con el teléfono a mi lado. Al perro infernal lo dejé afuera, aunque lloró un rato y me partió el alma, pero pensé que tal vez me sentiría más tranquila teniéndolo de perro guardián que de compañero de habitación. Aunque era tan solo un pequeñísimo chihuahueño, podía ladrar y lo hacía como el más grande de los caninos.

Mientras trataba de dormir, empecé a imaginar que tal vez había malinterpretado algo o le había dado demasiada importancia al sueño con Fidel. Cada paso en mi búsqueda por repetir ese sentimiento de amor, tan vívido en mi sueño, había desencadenado una serie de eventos que finalmente me llevaron a Israel y a muchas grandes pérdidas. Odié de pronto a Fidel Castro.

Tampoco con Juan las cosas estaban saliendo bien y en ese momento se aclaró todo. Mi "amor platónico" no se sentía como amor porque no se construían más que castillos en el aire y al caer la noche las horas pasaban de forma insatisfactoria. Me había inventado yo una historia perfecta de amor sin amor, una farsa, una perfecta escapatoria para no tener que involucrarme con un hombre aunque sintiera que estaba haciendo un esfuerzo por reponerme y empezar mi vida de nuevo.

El sueño con Fidel, decidí entonces, había sido una promesa ilusoria de lo que se sentiría en mí el amor, pero en realidad nunca había entendido bien cómo utilizar el verbo amar sin que fuera equivalente a doler.

16

Pasé mi último mes en el departamento de la colonia
Condesa caminando por la vida como sonámbula.
Pensaba en Israel todo el tiempo. Tuve un sueño con
él en el que caminábamos juntos de la mano por una
ciudad europea que yo no conozco pero que se parecía
mucho a las fotos que vi de un viaje que hicieron mis
padres a Brujas mientras vivíamos en París. Israel
se veía muy contento y hacía payasadas mientras me
compraba un helado, actuábamos como si estuvié-
ramos en una de esas escenas de la "cita perfecta" de
una comedia romántica gringa, en la que te tratan
de enseñar cómo es, cómo se ve y a qué suena el
amor.

En esos días me dolía siempre el cuerpo, me
dolía hasta el respirar. No lloraba pero tampoco recuerdo haber sonreído. Me alejé un poco de los niños
y de Juan. Empecé a poner pretextos para no verlos
tan seguido. También verlos era doloroso porque
ya sabía que yo nunca llegaría a ser su madre. Me
enteré por Ana de que Juan tenía una nueva amiga.

Una clienta que le había llevado juguetes. Esta chica, quien fuera, iba en serio.

Llegó el día de la exposición en el deportivo israelita y no estaba nerviosa porque creo que realmente no tenía consciencia de nada. Recuerdo como en sueños el haber instalado las fotos con Lloyd y la gente de la galería. Llegué tarde a la exposición y Lloyd estaba furioso conmigo, aunque todo estaba listo. Vi allí a la mayoría de mis compañeros de terapia, al tío Arnoldo y a Doris, a Juan con su nueva amiga, cuyo nombre era María, y a los niños, que me llevaron flores. Llegó mucha gente que no conocía y que me felicitaba con mucho entusiasmo. Aun así, con tanto movimiento y rodeada por tanta gente, sentía como si sólo un nombre estuviera escrito en todo lo que miraba, en mi ropa, en el grafiti de las paredes de la calle por la que llegué y en cada una de las fotos de la exposición. El ver nuevamente a Israel me había provocado la nostalgia de un pasado que prometía un muy feliz futuro. Un pasado que extrañaba con todo mi cuerpo. Lo peor es que por momentos sentía una terrible culpa por no haberlo dejado entrar y explicarse, pero cuando lo tuve enfrente, mi cuerpo reaccionó por mí y cerró la puerta, como si me estuviera pidiendo que lo apartara de él para seguir un camino sano, aunque fuera sin ese "amor", esa espléndida ilusión.

Aún no sé si hice lo correcto. Ahora siempre tendré la duda sobre lo que pasó dentro de él y por qué hizo lo que hizo conmigo. Sin embargo, no pienso ser como el soldado británico que le salvó la vida a Hitler y lamentarme toda la vida por las cosas que hice o las que dejé de hacer. No quiero ser una más en esa estadística sobre la gente que vive insatisfecha y frustrada, deseando regresar al pasado para cambiarlo. Yo ya no quiero cambiar nada de lo que he vivido porque si cambiara el pasado, tal vez no existiría esta yo que me empieza a caer bien por fin, y sobre todo porque no estaría aquí escribiéndolo. Aunque suene un poco contradictorio, si no estuviera aquí remembrándolo todo, tampoco nunca habría podido reconciliarme con mi pasado. La experiencia con Israel se une a muchos países y muchos nombres: Londres, París, Shanghái, Sydney, Shao Li, Damián, Dennis y Juan. A todas esas búsquedas de testigos y cómplices.

Ahora sé que todo seguirá, hasta que llegue mi punto final, pero creo que en ese momento de mi vida sólo pensaba en que estaba a punto de acabar esa vida que me habían prestado.

El 30 de octubre pasé la mañana limpiando el departamento y empacando mi ropa, que era lo único que pensaba llevarme. El perro me miraba y creo que sabía lo que iba a suceder. Estábamos desesperadamente tristes los dos. Esa mañana me había despertado con lágrimas en los ojos y una incertidumbre terrible porque no tenía la menor idea sobre qué hacer enseguida. Sentía que si no hacía algo para cambiar mi destino radicalmente, me iba a morir de pura tristeza, como aquella pareja de tortuguitas que tuve de mascotas en la infancia. Primero murió el macho y al poco tiempo la hembra. No toleraba la vida sin él.

Cuando saqué al perro en nuestro último paseo, pasamos frente a una escuela de niños con síndrome de Down. Afuera de la escuela había un niño vestido de charro, bailando el jarabe tapatío. El niño bailaba con tal entusiasmo que no podía más que contagiarte de su alegría.

Así, con esa imagen de tenacidad y amor por la vida, antes de ir por Tania al aeropuerto, pasé al banco y a una agencia de viajes.

17

Después de haber pasado la noche escuchando las historias de grandes reconocimientos internacionales de Tania y reírme a carcajadas de sus historias de conquistas fallidas en cada ciudad del tour europeo, regresé al aeropuerto en un taxi con mis maletas y un pasaje a Cuba, con paquete todo incluido.

Tania no tenía coche así que le dejé prestado el mío. Llegué a La Habana y al principio sentí que había olvidado por completo lo que se hacía al llegar a un lugar desconocido, para empezar a aprehenderlo y hacerlo mío. Luego investigué cómo funcionaban los camiones llamados "guaguas" y empecé a usarlos para llegar a los lugares que quería visitar, en vez de irme en los tours programados que estaban incluidos en el paquete del hotel. Me gustaba porque así veía a la gente real. Escuché sus voces tan musicales y entendí un poco su visión de la vida y su humor. Una tarde, en camino de regreso al hotel, iba en el camión, miré a un lado y vi a unos niños jugando baseball en un callejón. No se por qué pero de pronto empecé a sentir una enorme tristeza. Me puse a llorar desconsolada, allí mismo, sin importarme que estuviera rodeada de gente. Una señora que iba sentada a mi lado sacó de su bolsa un pañuelo bordado y me lo entregó sin mirarme. Al recibirlo, dejé de llorar. Con su pequeño gesto bondadoso, en un instante, restauró mi fe en la capacidad del ser humano de compadecerse ante el sufrimiento del otro y de desear aportar un consuelo.

Supe así que la empatía sí existe y que es un sentimiento internacional, no tienen el monopolio los gringos con sus comerciales de papel del baño y películas hechas para acabarse los kleenex.

A partir de allí mi viaje cambió. En los días siguientes tomé muchas fotos con mi cámara Polaroid, algunas las conservo y otras se las regalé a la gente que iba conociendo.

El paquete incluía también dos noches en Varadero y en el hotel los meseros me dijeron "mujer hermosa" y "guapa" mil veces al día y no les creí ni una sola palabra. Sólo me reía por dentro, pero supe que las cosas serían distintas y que en el futuro tal vez podría suceder cualquier cosa.

Sentí una gran libertad y mucho miedo.

De regreso en La Habana me tiré a tomar el sol en la Playa del Este durante mañanas enteras mientras miraba a la gente y leía por primera vez los *Nueve cuentos* de Salinger que alguien había dejado en mi cuarto de hotel. Esa playa les gusta a los jóvenes, y me gustaba observarlos. Conocí allí a un grupo de chicos universitarios y a otros que estudiaban en la escuela de circo. Me llevaron a conocer sus escuelas, a comer ensalada de helado en el Coppelia y pizzas en la playa.

Caminamos todos juntos por el malecón, platicando durante horas, escuché música con ellos en un parque y me contaron sus vidas y sus opiniones políticas. Me sentí muy joven otra vez.

Un chico, llamado Rulo, llevaba un botón puesto en su camisa que decía: "Mi onda es la de David". Me explicó que se referían a la historia de David contra el gigante Goliat, como una metáfora que explicaba lo que sufrían por el embargo económico. Me pareció todo muy poético y un poco tristón.

Sin embargo, ellos parecían más felices que la gente en México y me cuestionaba sobre el porqué, trataba de entender de dónde provenía esa alegría que emanaban. Como Dennis, cuando me conoció a mis veintidós años, ilusa y despreocupada, a mí me asombró a mi edad lo felices que parecían —aun con todas sus carencias—, ellos que vivían adentro de la juventud, que mientras la vives parece eterna. Nunca les pregunté el porqué, tal vez porque sus respuestas me podrían haber decepcionado. Pensé que la gente feliz, lo es tal vez porque no se cuestiona tanto, y eso es un don.

Me gusta ahora inventarme las respuestas de cada uno de mis nuevos amigos. Mi repuesta (inventada) favorita es que la felicidad provenía de tener siempre algo que esperar.

Pero bien, ellos no pertenecen a un mundo tan banal como el que yo habito, donde las cosas siempre tienen respuestas.

Cuando me despedí de ellos la última noche que pasé allí, habíamos quedado de vernos en el parque de la música, así le llamamos nosotros al parque donde nos sentamos una noche a escuchar música y platicar. Llevé conmigo una bolsa llena de mi ropa para regalársela a las chicas, pero no la aceptaron y me sentí muy incómoda. Creo que para ellos fue como si después de haber pasado tantos días enteros juntos, no hubiera entendido nada de lo que ellos eran.

Así que mi viaje a Cuba fue bonito e iluminado, pero nada de lo que me imaginaba. El malecón es hermoso pero demasiado gris. Nunca vi a Fidel, ni siquiera de lejos, porque Fidel ahora es sólo un sueño.

18

Estaba sentada en un tren que me llevaría al final del mundo. En ese tren no había puertas ni ventanas, entradas, ni salidas de emergencia. Era un tren que viajaba cada segundo más rápido hacia ese destino que nadie conoce pero con el que soñamos siempre. Miraba por la ventana y veía letras como nubes. Entendí de pronto que el tren estaba volando sobre un gran libro que se iba borrando con el paso del tiempo. Quería detenerlo, pedirle que no fuera tan rápido, que no borrara el libro en su trayecto, porque se llevaría con él toda mi historia. En una de las paredes del vagón yo dibujaba una ventana como en las caricaturas y la abría. Asomaba la cabeza y los brazos, y trataba de atrapar las letras, pero eran escurridizas y se me escapaban de las manos. Sentía miedo y desesperación. Por fin me estiraba y atrapaba una. Al tomarla en mis manos y mirarla, la letra se convertía en un libro entero.

Entonces sonó la alarma de guerra que me despertó esta mañana, como lo hace cada primer miércoles del mes. Es un recordatorio que no deja nunca que los parisinos olviden el pasado.

Llegué a París a mediados de noviembre, después de haber pasado las dos semanas en Cuba, y hoy, ya es primavera.

Cuando llegué, pensaba mucho en la película de Audrey Hepburn en la que se dice que Sabrina (Audrey) se encontró a sí misma en París. Yo no hubiera sabido en ese momento a quién buscar, porque a veces me miraba en el espejo y me sorprendía verme a mí misma, como si me hubiera convertido de pronto en alguien más, o como si se me hubiera olvidado quién era por completo, igual que en la novela de Auster que me recomendó Israel cuando lo conocí. Pero cuando salí de Cuba y llegué a México, no quise ni siquiera salir del aeropuerto. Como llevaba todas mis pertenencias conmigo, podía irme a cualquier destino al alcance de un avión. Esa absoluta libertad de elección me hizo sentir a la vez que no pertenecía a ningún lugar en particular y a todos al mismo tiempo. Ya no tenía hogar pero también era libre para crear un nuevo hogar en cualquier parte. Pasé por una tienda de periódicos y revistas adentro del aeropuerto, y en la portada de una revista vi una foto asombrosa de Montmartre. Francia, entonces, me pareció un destino tan bueno como cualquier otro para alguien que desea salir huyendo. El nombre de su gran capital también está lleno de promesas de una vivencia romántica. Yo sería una nueva Elena enamorada de Paris.

Compré mi boleto en Air France y muchas horas después, de las que dormí casi todas, llegué a París. Al llegar, viví un rato en un hotel y después alquilé este pequeño estudio en el barrio judío de la ciudad.

Tomé el Eurostar y fui a visitar a mi hermano Leo a Londres. Se había casado ya con la novia que conocí en Hawái. Sophie era una chica irlandesa pelirroja, muy llena de vida y de historias graciosas, que me recordó muchísimo a mi madre por su manera de ser. Me sentí muy bien en su casa. Me sentí como en familia. Me dijeron que vendrían a visitarme a París.

Quería ocupar mis días y me inscribí a clases de panadería y repostería. Aprendí a hacer *croissants* y un *mousse au chocolate* espectacular.

Ahora estoy más tranquila y paso mis días caminando por la ciudad. Tomo fotos, ahora digitales, que hacen de mi vida algo muy interesante. En vez de recordar constantemente con la mirada vacía, debo concentrarme todo el tiempo en mirar, y mirar con ojos nuevos.

Tomo fotos del arte callejero francés, que tiene algo muy especial, mezcla de influencias árabes y africanas. Tomo fotos de la arquitectura, de los edificios modernos y de los muy antiguos, de la gente que pasa, del vacío de las calles en la madrugada, de los que viven en los barquitos en el Sena, de los museos y la comida. A veces voy a visitar el cuadro de Millet. Mi viejo amigo. Ya no me encanta pero me sigue cayendo muy bien.

Todo me parece interesantísimo, particularmente cuando lo miro a través de la lente. Tengo un trabajo voluntario al que voy dos veces a la semana. Recibo y archivo documentos en una organización internacional en contra de la pena de muerte. Estoy sola en la oficina pero no me molesta. Estoy aprendiendo mucho sobre el perdón. Recibí una carta de un preso en Estados Unidos que se siente muy solo. Le contesté hoy en la mañana con una carta y una postal de la Torre Eiffel.

Ahora vivo gran parte del tiempo en silencio, pero el silencio es muy elocuente.

A veces recuerdo a detalle cada evento del último año de mi vida, pero ahora lo hago con mucha tranquilidad.

Antes de irme a Cuba, fui al banco y saqué mi manuscrito. Releí mi historia y me sentí muy identificada y a la vez muy alejada de esa que había sido yo.

Después, ya aquí, empecé a escribir de nuevo. Me compré un cuaderno en donde he escrito la segunda parte de esa historia que empezó hace casi treinta y siete años. La neblina, por fin, se despeja.

Alejada ya de tanto ruido, interno y externo, reflexiono sobre el pasado y el futuro en paz. Tengo algunos libros y varios discos de bandas nuevas, para dejar de revivir los ochenta y noventa, los compré en una tienda de discos fabulosa, que se encuentra a un lado del río en Saint Michel. El chico que atiende me va guiando. La música nueva me hace sentir que vivo en el presente.

Aquí tengo internet y les escribo mucho a mis hermanos y a mi padre. A veces nos vemos de manera virtual por el grandioso Skype.

Recuerdo la pregunta de Nostradamus: ¿Y usted sabe que dirá el futuro lejano de este momento en la historia?

Ahora le respondería que fue el momento en que dejé de tenerme miedo a mí misma.

A finales de mayo se casará por fin mi padre y nos reuniremos todos una vez más para la gran ocasión.

Vane está bien. Trabaja sin obsesionarse, y aunque a veces se pone triste, está saliendo de nuevo y sé que pronto se volverá a enamorar. Le hablo cada semana y platicamos horas.

De todas las experiencias del año pasado, creo que lo que más me gustó fue saber que hay un mundo muy grande afuera de las puertas que nos aíslan, que por alguna extraña razón nos han hecho siempre sentirnos protegidos del mundo exterior, de la vida, pero que esas puertas son en realidad inútiles. Es mejor dejar entrar esa vida y abrazarla aunque sepas que en cualquier momento vendrá otra oleada de dificultades a enfrentar.

Me gustaría decir que Juan recapacitó, que cuando me marché, me extrañó horriblemente y se dio cuenta de cuánto me amaba, que terminó con su nueva novia y me propuso matrimonio por carta. Que luego se vino con todo y niños a pasar unas semanas aquí para llevarme después de regreso a nuestro departamento en la colonia Condesa. Que ahora mismo está a mi lado, dormido o leyendo una revista para hombres con Beckham en la portada y comiendo un pan tostado con Nutella. Que de repente sube la mirada y me mira coqueto, y que yo me sonrojo de la emoción. Mejor aún, que me mira mientras escribo y que yo me siento satisfecha y acompañada. Me gustaría decir que Santiago juega con su Gameboy y que Ana ya se durmió, con su cabeza en mis piernas, y que todos somos felices.

Sin embargo, eso no es cierto y no lo diré aunque dé más para el *happy ending* que me encantaría darle. Dejé a Juan, a Santiago y a Ana en México, y los extraño, pero sé que Juan sigue con su novia guapa que lo hace feliz. Los chismes de vecindad de Tania llegan velozmente hasta París.

Me gustaría decir entonces que la tal María es una bruja horrible, una madrastra como la de los cuentos infantiles clásicos, pero no puedo porque, según lo que me cuenta Tania, me parece que es linda y que los quiere a los tres en verdad. El último día que los vi antes de Cuba, iban los cuatro caminando por la calle y vi que Ana tomaba la mano de María, y sentí dolor, pero a la vez sabía que así debían ser las cosas. Juan merecía ser feliz y los niños se adaptarían a su felicidad.

Me gustaría decir entonces que hay un guapo y lindo hombre esperándome en un bistrot a la vuelta de la manzana —muy al estilo de una película de Godard— con el que me paseo por las noches a lo largo del río Sena. Un inglés tal vez, alguien como Hugh Grant en *Notting Hill*, y no como en *Bridget Jones*, que va a ir conmigo a la boda de mi padre el mes que viene. Sin embargo, no lo voy a decir porque tampoco es verdad. Lo único que puedo decir es que éste es mi refugio después de un año intenso en el que jugué demasiados papeles en demasiadas obras de teatro de la vida real, con la esperanza de sentirme *bien dans ma peau, a gusto con quien soy,* en alguno de ellos.

Ahora, simplemente estoy aprendiendo a ser yo, con todo mi bagaje que jamás se volverá más ligero, sino que irá aumentando en peso. Acepto también que nunca voy a ser normal porque a fin de cuentas tampoco los amnésicos lo son tanto.

Pienso en mi sueño de esta mañana.

Estoy a punto de terminar este cuaderno y siento un poco de temor porque no sé todavía qué haré cuando escriba el punto final. Tampoco sé cuándo regresaré a México, creo que México es una adicción de la cual nadie se deshace nunca. Sé bien que tarde o temprano me encontraré allí de nuevo.

Mientras escribo esto, escucho la quinta sinfonía de Mahler. Fue algo raro porque hace algunos días me encontré el CD en mi buzón, así nada más, como si alguien estuviera pasando por allí y hubiera decidido dejarlo como basura o publicidad. La gente a veces hace cosas incomprensibles.

Recuerdo que mi abuelo Iosel me contó alguna vez que Mahler le envió la partitura del cuarto movimiento, el *adagietto*, uno muy suavecito, a su novia y así le propuso matrimonio. Al recordar esa historia, mientras escucho la música, me llena una ola de esperanza. El amor llegará tarde o temprano, sólo que ahora espero un amor suave como esta música. No tiene que ser extraordinario pero sí tiene que ser real.

¿Así que de eso se trató todo esto? Puede ser. La esperanza y el aliento se pierden a ratos pero por alguna extraña razón siempre vuelven. Mil veces puede suceder esto a lo largo de una vida.

19

Ésta es la última página de mi cuaderno. Mañana pasaré a la tienda del museo D'Orsay a comprarme otro. Anoche sucedió algo muy extraño, entre sueños creí escuchar que alguien aventaba piedras a mi ventana y que gritaban mi nombre.

México, D.F. al 21 de mayo
(SELLO DEL CISEN)
Memorando 00346143
Asunto - Caso Goldberg (Actualización)

Ana Goldberg Laski, de nacionalidad mexicana, desapareció de su departamento parisino el 2 de abril del año en curso. Fue vista por última vez en la estación del metro Vaugirard, acompañada por un hombre alto, con aspecto de europeo del este. Por la descripción de los testigos, se sospecha que el hombre es Alexanderi Khrzhanovski (ver folio 23649432).

Aunque en un principio sus familiares y amigos hablaban de un secuestro político, ya que su padre es un funcionario de la Secretaría de Relaciones Exteriores (ver folio 11548865), se les veía a ambos "sonrientes y despreocupados". No se sabe si la Srita. Goldberg acudirá a la boda de su padre en Washington DC a finales del mes de mayo, aunque tiene una reservación pagada para el vuelo 328 que saldrá de París el 30 de este mes. Antes de desaparecer, envió como regalo un cuadro, que fue transportado por tierra desde México hasta Washington.

Hace una semana, el Dr. Salomón Fastovich (ver folio 3422490), antiguo psicoanalista de la Srita. Goldberg, con residencia en la calle Julio Verne no. 47, int. 4, en la colonia Polanco, recibió un paquete por mensajería proveniente de la ciudad de Atenas, con una carta y un texto que se adjuntan enseguida.

7 DE MAYO

Mi querido doctor F.,

Hace algunos años, usted me pidió que escribiera mi historia de vida como un ejercicio que nos serviría a ambos para avanzar más rápido en el proceso de terapia psicoanalítica que estábamos iniciando. Quería que puntualizara sobre lo que era realmente importante recordar para hacer mi memoria más selectiva. Nunca le entregué lo que escribí por pudor, aunque me costó mucho trabajo pulirlo para resaltar lo más importante de mi historia y que los detalles insignificantes dejaran de cobrar tanta importancia. Fue un ejercicio crucial y muy efectivo.

Guardé el texto durante mucho tiempo y nunca se lo enseñé a nadie, en parte por la misma pena, pero también porque (sospecho) presentía desde entonces que ése era un texto inconcluso, un texto que al poco tiempo continuaría escribiéndose solo, a pesar de la larga pausa que puse en la película de mi vida.

Como no me gusta ser incumplida, y aunque sea muchos años después, se lo envío junto con la segunda parte de la historia, que, le advierto, está lejos de ser la última. Le agradezco que me haya motivado a llevar a cabo este ejercicio, ya que, dada la tendencia de los hipertimésicos a sufrir de Alzheimer en la vejez, este texto fungirá como mi memoria artificial. Por otro lado también debo agradecerle porque me motivó a acercarme nuevamente a la escritura, que es ahora y seguramente seguirá siendo siempre, junto con la fotografía, una terapia y una gran diversión.

Le pido que guarde y cuide de estas hojas y del cuaderno, que serán preciosos para mí y para mis hijos en el futuro. Se lo pido porque sé que lo hará con gusto.

Sin embargo, como se hace en el principio de las películas vendidas como "de la vida real", le aclaro que este relato puede contener algo de ficción y un poquito de literatura.

Ya que creo que es de sabios pedir disculpas anticipadas, y aunque disto mucho de ser sabia, también le pido perdón por algunos comentarios que tal vez puedan ofender su tan respetable sensibilidad, pero creo importante que comprenda que nunca he sido una persona políticamente correcta ni me ha interesado mucho serlo. Mi otra justificación por incluir algunos de esos comentarios aparentemente impúdicos, y no editarlos, no es por mero exhibicionismo, sino porque sí deseo mostrarle lo que en ocasiones he llegado a pensar, aunque sean cosas abominables. También, como justificación, debo decir que desde muy niña, como hija de un diplomático mexicano, aprendí que todo es breve y pasajero, y que por lo mismo importa poco lo que digas hoy porque mañana seguramente te mudarán a otro lugar, muy lejano, donde nadie sabrá qué has hecho o dicho en tu vida anterior.

Ahora sí, habiendo aclarado esto, le diré:

Como usted ya lo sabe, mi nombre es Ana Goldberg y ésta fue la historia de mi pasado. La de mi futuro acaba de empezar.

Le agradeceré siempre todo lo que ha hecho por mí y espero algún día devolver tantos y tantos favores.

Con mucho afecto,
A. G.

Suma de Letras es un sello editorial del Grupo Santillana

www.sumadeletras.com/mx

Argentina
Avda. Leandro N. Alem, 720
C 1001 AAP Buenos Aires
Tel. (54 114) 119 50 00
Fax (54 114) 912 74 40

Bolivia
Calacoto, calle 13, 8078
La Paz
Tel. (591 2) 279 22 78
Fax (591 2) 277 10 56

Chile
Dr. Aníbal Ariztía, 1444
Providencia
Santiago de Chile
Tel. (56 2) 384 30 00
Fax (56 2) 384 30 60

Colombia
Calle 80, 10-23
Bogotá
Tel. (57 1) 635 12 00
Fax (57 1) 236 93 82

Costa Rica
La Uruca
Del Edificio de Aviación Civil 200 m al Oeste
San José de Costa Rica
Tel. (506) 22 20 42 42 y 25 20 05 05
Fax (506) 22 20 13 20

Ecuador
Avda. Eloy Alfaro, 33-3470 y Avda. 6 de
Diciembre
Quito
Tel. (593 2) 244 66 56 y 244 21 54
Fax (593 2) 244 87 91

El Salvador
Siemens, 51
Zona Industrial Santa Elena
Antiguo Cuscatlan - La Libertad
Tel. (503) 2 505 89 y 2 289 89 20
Fax (503) 2 278 60 66

España
Torrelaguna, 60
28043 Madrid
Tel. (34 91) 744 90 60
Fax (34 91) 744 92 24

Estados Unidos
2023 N.W 84th Avenue
Doral, FL 33122
Tel. (1 305) 591 95 22 y 591 22 32
Fax (1 305) 591 74 73

Guatemala
7ª Avda. 11-11
Zona 9
Guatemala C.A.
Tel. (502) 24 29 43 00
Fax (502) 24 29 43 43

Honduras
Colonia Tepeyac Contigua a Banco Cuscatlan
Boulevard Juan Pablo, frente al Templo
Adventista 7° Día, Casa 1626
Tegucigalpa
Tel. (504) 239 98 84

México
Avda. Río Mixcoac, 274
Colonia Acacias
03240 México D.F.
Tel. (52 5) 554 20 75 30
Fax (52 5) 556 01 10 67

Panamá
Vía Transísmica, Urb. Industrial Orillac,
Calle Segunda, local 9
Ciudad de Panamá
Tel. (507) 261 29 95

Paraguay
Avda. Venezuela, 276,
entre Mariscal López y España
Asunción
Tel./fax (595 21) 213 294 y 214 983

Perú
Avda. Primavera, 2160
Surco
Lima 33
Tel. (51 1) 313 40 00
Fax. (51 1) 313 40 01

Puerto Rico
Avda. Roosevelt, 1506
Guaynabo 00968
Puerto Rico
Tel. (1 787) 781 98 00
Fax (1 787) 782 61 49

República Dominicana
Juan Sánchez Ramírez, 9
Gazcue
Santo Domingo R.D.
Tel. (1809) 682 13 82 y 221 08 70
Fax (1809) 689 10 22

Uruguay
Juan Manuel Blanes, 1132
11200 Montevideo
Tel. (598 2) 402 73 42 y 402 72 71
Fax (598 2) 401 51 86

Venezuela
Avda. Rómulo Gallegos
Edificio Zulia, 1° - Sector Monte Cristo
Boleita Norte
Caracas
Tel. (58 212) 235 30 33
Fax (58 212) 239 10 51

El pasado es un extraño país

Esta obra se terminó de imprimir en Diciembre de 2012
en los talleres de Impresora Tauro S.A. de C.V.
Plutarco Elías Calles No. 396 Col. Los Reyes Iztacalco
Delg. Iztacalco C.P. 08620. Tel: 55 90 02 55